KB012636

에이스가

되자

WISHBOOKS MODERN FANTASY STORY

한지훈 장편소설

선발 투수 박건호

에이스가 되자 4

한지훈 장편소설

초판 1쇄 찍은 날 | 2017년 7월 7일
초판 1쇄 펴낸 날 | 2017년 7월 14일

지은이 | 한지훈
펴낸이 | 예경원

기획 | 위시북스
편집책임 | 박우진
편집 | 이즈플러스

펴낸곳 | 예원북스
등록번호 | 제396-2012-000132호
등록일자 | 2012. 7. 25
KFN | 제1-123호

주소 | 경기도 고양시 일산동구 호수로 646-24 위너스21 II 빌딩 206A호 (우)10401
전화 | 031-819-9431 팩스 | 031-817-9432
E-mail | yewonbooks@naver.com

ⓒ한지훈, 2017

ISBN 979-11-6098-376-0 04810
       979-11-6098-231-2 (set)

※ 파본은 구입하신 서점에서 교환하여 드립니다.
※ 저자와 협의하여 인지를 붙이지 않습니다.
※ 이 책은 예원북스와 저작자의 계약에 의해 출판된 것이므로 무단 전재 및 유포, 공유를
   금합니다.
※ 이 도서의 국립중앙도서관 출판시도서목록(CIP)은 서지정보유통지원시스템 홈페이지
   (http://seoji.nl.go.kr)와 국가자료공동목록시스템(http://www.nl.go.kr/kolisnet)에서
   이용하실 수 있습니다.

에이스가 되자

WISHBOOKS MODERN FANTASY STORY

한지훈 장편소설

선발 투수 박건호

4

Wish Books

에이스가 되자

CONTENTS

17장
한인의 날

1

"젠장. 어딜 가나 건, 건뿐이로군."

에이전트 라몬 소스레트가 손에 든 태블릿을 소파에 내던지며 투덜거렸다.

류현신의 DL등재 이후 다음 날 다저스 구단은 야디에르 알베스의 콜업을 전격 발표했다. 5,000만 달러를 투자하고 데려온 특급 유망주가 비로소 메이저 리그 무대에 올라오는 역사적인 순간이 찾아온 것이다.

그런데 정작 야디에르 알베스의 승격을 비중 있게 다룬 기사는 거의 없다시피 했다. 기껏해야 한두 줄. 그것도 류현신을 대신해 메이저 리그로 승격됐다는 정도에 그쳤다.

반면 박건호에 대한 기사는 눈에 띌 정도로 많았다.

[건, 선발 투수로서 성공 가능성은?]

[박 건이 빠진 다저스 불펜은 어찌 되는가.]

[다저스의 성급한 건 선발 전환. 우려의 목소리 높아.]

물론 모든 기사가 호의적인 건 아니었지만 무관심에 가까운 야디에르 알베스에 비하면 천지차이였다.

"대체 뭐가 문제인 거야."

라몬 소스레트가 짜증스럽게 중얼거렸다.

언론에 알려진 바에 따르면 박건호의 계약금은 고작 135만 달러에 지나지 않는다.

반면 야디에르 알베스는 2,500만 달러(사치세 포함 5,000만 달러)를 받고 다저스에 들어왔다.

야디에르 알베스는 박건호보다 18배나 많은 계약금을 받았다. 그런데 지금 다저스 내 입지는 완전히 뒤바뀌어 있었다.

라몬 소스레트는 야디에르 알베스가 당연히 개막전 25인 로스터에 포함될 거라 여겼다. 시즌 초반에 선발 자리를 꿰차긴 어렵겠지만 불펜에서 기회를 엿보아 6월이 지나기 전에 슬슬 선발 수업을 받게 될 거라고 전망했다.

그런데 그 전망이 엉뚱하게 박건호에게 맞아떨어지고 있었다.

박건호는 불펜의 구세주 소리를 듣다가 운 좋게 선발 자리를 꿰찼다.

반면 야디에르 알베스는 팔자에도 없는 오클라호마시티에서 고생하다가 이제 겨우 메이저 리그에 올라왔다. 그것도 박건호의 빈자리를 대신해 말이다.

"이럴 수는 없어. 이럴 수는 없다고."

라몬 소스레트가 안주머니에서 핸드폰을 꺼냈다. 그리고 곧장 앤디 프리드먼 사장에게 전화를 넣었다.

구단에 불만이 있다면 파렐 자이디 단장에게 따지는 게 순서겠지만 라몬 소스레트는 단장을 건너뛰어 버렸다. 야디에르 알베스의 에이전트인 자신이라면 충분히 그럴 자격이 있다고 여겼다.

하지만 앤디 프리드먼 사장과는 연결이 되지 않았다. 뒤이어 파렐 자이디 단장에게 전화를 걸었지만 마찬가지였다.

─단장님께서는 지금 회의 중이십니다.

"무슨 회의인지 모르겠지만 내가 전화했다고 알려줘요."

─중요한 회의라서요. 메시지 남겨드릴까요?

"젠장할! 됐소!"

라몬 소스레트가 신경질적으로 전화를 끊어버렸다. 야디에르 알베스의 행선지가 전해지지 않았을 때는 밤늦은 시간은 물론이고 새벽에도 전화를 받던 파렐 자이디 단장이었다. 그런데 이제 와 회의를 핑계로 통화를 거절한다니. 도저히 용납이 되질 않았다.

"돈을 조금 덜 받더라도 양키즈에 가는 거였어. 젠장."

라몬 소스레트는 다시 어딘가로 전화를 걸었다.

핸드폰 화면에 떠오른 수신자는 마크 벌리.

중남미 지역을 담당하는 양키즈의 스카우트 책임자였다.

─오, 이게 누구예요. 라몬! 잘 지냈어요?

두어 차례 통화음이 울린 뒤 수화기 너머로 굵직한 중저음의 목소리가 울렸다.

"마크! 마크! 내 말 좀 들어 봐!"

라몬 소스레트는 반가운 마음에 다저스가 저지르고 있는 온갖 부당함(?)을 총알처럼 쏟아냈다.

하지만 마크 벌리도 라몬 소스레트의 신세타령을 묵묵히 들어줄 만큼 한가롭진 않았다.

─이런, 라몬! 진정해요. 그러니까 다저스가 알베스의 가치를 너무 몰라준다, 이 소리죠?

"그래! 바로 그거야! 하하! 이제야 말이 좀 통하는 사람을……."

─라몬, 너무 성급하게 굴지 말아요. 다저스는 양키즈 못지

않게 좋은 팀이고 그 안에서 경쟁을 하는 건 당연한 과정이라고요.

"하지만 다저스는 기회조차 주지 않고 있다고!"

―물론 그렇게 생각할 수도 있겠지만, 하아……. 참, 이번에 알베스가 몇 년 계약을 한 거죠?

"계약 기간은 7년. 옵트아웃은 4년부터야. 어때? 알베스를 데려갈 생각 있어?"

―에? 지금 상황에서 알베스를요? 하하. 라몬, 농담하는 거죠?

"농담 아냐. 나 지금 엄청 진지하다고."

―그럼 나도 진지하게 대답할게요. 지금 상황에서는 알베스 못 데려와요. 다저스가 내어줄지도 모르겠지만 설사 내어준다고 해도 양키즈는 알베스 몸값 감당 못 해요.

"젠장! 어떻게 좀 해봐!"

―라몬, 그러지 말고 조금 더 버텨 봐요. 들리는 소문에 따르면 앤디 사장이 스캇 카이저를 조만간 팔아 치울 분위기거든요.

"그게 정말이야?"

―요 몇 경기 잘 던졌잖아요. 게다가 리그에 쓸 만한 좌완 선발 투수는 언제나 부족한 법이라고요.

"그래, 알았어. 더 확실한 정보가 돌면 나한테도 좀 알려 달라고!"

때마침 야디에르 알베스가 운동을 끝내고 호텔 방으로 들어오자 라몬 소스레트가 재빨리 전화를 끊었다.

"왜 그래요? 무슨 좋은 일 있어요?"

"그럼, 있고 말고."

"무슨 일인데요?"

"스캇 카이저가 곧 팔려 나갈 분위기야."

"스캇 카이저가요? 2선발이잖아요."

"2선발이면 뭐해? 부상 경력이 있는 한물간 투수지."

"라몬, 제발 그런 식으로 말하지 좀 말아요. 누가 듣겠어요."

"들으면 또 어때? 그러니까 조금만 참으라고. 내가 널 다저스의 선발로 만들어줄 테니까."

라몬 소스레트가 야디에르 알베스의 어깨를 툭툭 두드렸다. 마치 자신의 말 한마디면 다저스의 선발 자리가 뚝딱 하고 떨어지기라도 하는 것처럼 굴었다.

하지만 야디에르 알베스는 더 이상 라몬 소스레트의 허풍에 휘둘리고 싶지 않았다.

'나만 잘하면 돼. 그럼 기회가 찾아올 거야. 건처럼 말이야.'

야디에르 알베스가 속으로 중얼거렸다. 라몬 소스레트는 자신만 믿으라고 했지만 야디에르 알베스에게는 박건호가 보여주었던 길이 훨씬 더 그럴듯하게 느껴졌다.

2

올해 초 다음에서 코리안 메이저리거들을 대상으로 설문 조사를 실시했다.

올해 꼭 보고 싶은 뉴스에 대한 질문에 응답자의 67퍼센트가 류현신의 건강한 복귀를 꼽았다. 그리고 응답자의 54퍼센트가 올해 가장 이루어질 가능성이 가장 높은 뉴스로 류현신의 10승 달성을 꼽았다.

그만큼 국내 야구팬들은 류현신의 복귀를 간절히 바랐다. 류현신이 레즈 전에서 6이닝 무실점 시즌 첫 승을 기록했을 때는 각종 야구 관련 게시판들이 류현신과 관련된 글들로 도배가 될 정도였다.

하지만 애석하게도 류현신의 부상 소식이 전해지면서 류현신의 복귀를 기다려 온 팬들은 안타까움을 감추지 못했다.

└하아, 미치겠네. 류현신은 또 부상이야?

└현신이가 다치고 싶어서 다쳤겠냐? 부상 부위가 민감한 곳이잖아!

└그래도 검사 결과가 심각하지 않아서 다행이긴 해. 올 시즌도 어려울 줄 알았는데 빠르면 8월 초 복귀라니까.

└솔직히 레즈전에 좀 무리하긴 했어. 6이닝은 오버였

다고.

ㄸ6회에 올라올 때 진짜 감독이 미쳤나 싶었다.

ㄸ내 말이 그 말이야. 하위 타선도 아니고. 상위 타선으로 넘어갔는데 왜 올리냐고!

ㄸ그렇게 꼬우면 니들이 감독하든가. 설마 데빈 로버츠 감독이 니들보다 모르겠냐?

ㄸ근데 까놓고 데빈 로버츠 감독이 지도력이 대단한 건 아니잖아. 구단 꼭두각시지. 안 그래?

ㄸ허이고. 메이저 리그 전문가들 납셨네.

류현신의 부상 소식만큼이나 야구팬들을 당혹스럽게 만든 건 박건호의 깜짝 선발 등판 소식이었다.

다저스 구단이 한인의 날 행사를 위해 박건호를 선발로 내세우겠다는 뜻을 밝히긴 했지만 적지 않은 팬이 곱지 않은 시선을 보냈다.

ㄸ그런데 이 와중에 박건호는 뭐냐? 일요일 로키스전 선발이던데.

ㄸ현지 시각으로 토요일, 한인의 날이니까 선발로 올린 거겠지. 류현신 못 던지잖아.

ㄸ그런데 박건호가 던져도 되는 거야?

ㄴ뭐 어때? 류현신 자리 억지로 빼앗은 것도 아니고 갑작스럽게 빵구난 거 채우는 건데.

ㄴ그래도 보긴 좀 그렇지. 차라리 행사를 취소하든가, 미루든가 해야 하는 거 아니냐?

ㄴ그게 말이 된다고 생각하냐? 다저스가 무슨 사회인 야구단이냐? 선수 하나 때문에 행사를 취소하게?

ㄴ그래, 맞아. 그리고 박건호라고 맘이 편하겠냐? 엄청 부담될 텐데.

ㄴ암튼 난 박건호 별로 마음에 안 들어. 코리안 건이라고 깝죽대는 것도 좀 오버고.

ㄴ나도 나도. 솔직히 현신이 따라오려면 아직 멀었지.

몇몇 기자는 여론에 편승해 박건호가 류현신의 부상을 틈타 선발 자리에 무임승차했다는 기사를 써 내기도 했다.

류현신이 SNS를 통해 부상에 대한 아쉬운 마음과 함께 박건호를 응원해 달라는 메시지를 남겼지만 별다른 반향조차 없었다.

그런데 한인의 날 행사 전 날에 몇몇 사진이 연예 관련 커뮤니티에 올라오면서 분위기가 반전됐다.

한인의 날 시구자로 꼽힌 트와이즈 나연과 박건호, 류현신이 사이좋게 웃는 모습들이 카메라에 찍힌 것이다.

┗오오! 나연은 유니폼을 입어도 이쁘다!

┗그런데 왜 나연뿐이야? 쯔위는? 모모는?

┗이 멍청아, 시구는 한 명만 하는 거야.

┗애국가는 지효가 부르는 건가?

┗근데 같이 찍힌 덩치들은 누구야?

┗있어, 야구 선수.

┗아, 야구 선수? 씨발. 내가 그걸 몰라서 물어보냐?

┗답답하면 직접 찾아보든가. 왜 트갤에서 야구 선수 물어 보고 지랄이야?

　연예 관련 커뮤니티를 통해 올라온 사진은 곧바로 기사화 되었다. 덩달아 야구팬들에게도 박건호와 류현신이 나란히 찍힌 사진들이 화제가 됐다.

┗뭐야, 류현신하고 박건호하고 친해 보이는데?

┗그럼 다저스에 한국인 선수라고는 저 둘뿐인데 친하지 안 친하겠냐?

┗내가 듣던 거랑은 다른데? 류현신 다치고 나서 박건호가 에이전트 통해서 류현신 대신 자신이 던지겠다고 했다는 건 또 뭐야?

┗야, 말이 되는 소리를 해라. 박건호가 그럴 짬이 어디 있

겠냐. 이제 막 메이저 리그 데뷔한 신인인데.

　└하긴, 좀 이상하다 싶긴 했어. 우리 현신이가 얼마나 보살인데.

　└어제까지만 해도 박건호 배은망덕하니 뭐니 신나게 까놓고 이제 와서 현신이 추켜세우는 것 좀 보게? 아무튼 팬들이 문제라니까.

고작 연예인과 함께 찍힌 사진이긴 했지만 류현신과 박건호의 사이가 좋지 않다는 루머는 금세 잠잠해졌다.

3

류현신은 한인의 날까지 재활 치료 일정을 미뤘다. 부상을 당해 마운드에 올라갈 수는 없겠지만 그래도 자신을 보러 온 한인들에게 얼굴을 내비치는 게 도리라고 여겼다.

그러자 구단에서는 류현신에게 등판 일정이 없는 박건호를 떠넘겨 버렸다. 같은 한국인이자 메이저 리그 선배로서 박건호에게 이런저런 조언을 해달라는 핑계를 대며 말이다.

부상 이후 처음 만났을 때만 하더라도 류현신과 박건호의 대화는 세 마디를 넘기지 못했다. 류현신은 과묵했고 박건호는 하늘같은 대선배 때문에 바짝 얼어붙어 있었다.

그런 둘 사이의 장벽을 허물어준 건 다름 아닌 트와이즈였다.

여자 아이돌로 대동단결.

그 기적이 바다 건너 메이저 리그에서도 이루어진 것이다.

트와이즈라는 공통분모가 나온 다음부터 박건호와 류현신은 빠르게 친해졌다.

"그러니까 내 체인지업을 배우고 싶다는 거지?"

류현신이 체인지업 그립을 돌려 쥐며 물었다. 그러자 박건호가 멋쩍게 웃으며 대답했다.

"어려우시면 그립만 알려주셔도 되고요."

"그립만 가지고는 어려울 텐데?"

"그럼 뭐 요령까지 같이 가르쳐 주시면 더 좋고요."

"하하. 이놈 보게? 너 이러려고 다저스 들어온 거냐?"

"그야 현신 선배님은 제 우상이니까요."

"형이라고 부르라니까."

"아, 그게 입에 붙어서."

"그런데 너 나중에 커쇼한테 가서 이런 식으로 커브 배우는 거 아니야?"

"아, 아마도요?"

"하하. 그래, 메이저 리그에 왔으니까 뭔가 배우려는 자세는 좋아. 하지만 네 공을 던져야 해. 너한테 맞는 공을 던져야 하고. 다양한 구종을 던진다고 해서 꼭 좋은 투수가 되는 건 아니니까."

"네, 명심할게요."

"그런데 커브는 좀 어때? 지난 경기 때 보니까 많이 좋아진 것 같긴 하던데."

"이제 좀 손에 익은 정도랄까요."

"샌드 쿠팩스의 커브는 솔직히 나한테는 안 맞아서 포기했거든. 그런데 너 던지는 거 보니까 어느 정도 가능성이 보이긴 하더라."

"정말요?"

"그래, 완전히 손에 익으려면 3년 정도는 더 던져야겠지만 말이야."

"하하……."

"그런 의미에서 형이 체인지업을 가르쳐 줄게. 그립이야 뭐 인터넷만 치면 나오는 거니까."

류현신이 손에 들고 있던 공을 박건호에게 건네주었다. 그리고 원래 던지던 대로 체인지업 그립을 쥐어보라고 말했다.

"저는 보통 이렇게 잡았는데……."

"흠, 조금 다르긴 하지만 나랑 별 차이는 없는데?"

"그야…… 선배님, 아니, 형 그립을 따라 했으니까요."

"어쩐지. 나 국내에 있을 때 던지던 그립하고 비슷하다 했다. 그런데 공은 왜 그래?"

"그게 저도 잘 모르겠어요. 솔직히 투구 폼을 바꾸기 전까지는 체인지업이 제일 잘 들어갔었는데…….."

"투구 폼을 바꾸니까 느낌이 달라? 뭔가 덜 채이는 느낌이야?"

"네, 그냥 손에서 쓱 빠져 버리는 느낌이 자주 들어서……."

"말로만 할 게 아니라 일단 좀 보자. 몇 개 던지는 건 괜찮지?"

"네, 물론이죠."

박건호는 곧바로 조나단에게 전화를 걸었다. 박건호 덕분에 다저스 불펜 포수가 된 이후로 조나단은 박건호의 개인 훈련에 적극적으로 협조를 해주고 있었다.

"류현신 선수! 반가워요. 팬입니다."

지하 훈련장으로 온 조나단이 류현신을 보기가 무섭게 오른손을 내밀었다.

"반가워요. 류현신입니다."

조나단은 류현신에게서 사인볼을 세 개나 받아 든 뒤에야 실실 웃으며 포수 장비를 착용했다. 그사이 박건호와 류현신은 간이 마운드 쪽으로 자리를 옮겼다.

"일단은 편하게 던져 봐. 다른 거 신경 쓰지 말고."

"네, 형."

류현신은 상황에 따라 박건호의 체인지업을 체크했다. 일단 주자가 없는 상태에서 5개 정도를 본 다음에 직접 타석에 들어가서 5개 정도를 더 확인했다. 그러고는 뭔가 알 것 같다며 고개를 주억거렸다.

"로케이션 자체는 큰 문제가 없어 보였는데 내가 타석에 들어서니까 무브먼트가 조금 줄어든 느낌이야."

"아, 그래요?"

"얻어맞을까 봐 그러는 거야?"

"솔직히 잘 모르겠어요."

박건호가 나직이 한숨을 내쉬었다. 체인지업은 오랫동안 던져 왔고 커브는 최근에 새로 배웠는데도 막상 마운드 위에 오르면 체인지업 사인보다 커브 사인이 더 반가웠다.

가끔 어쩔 수 없이 체인지업을 던져야 할 때면 공을 던지기 전부터 손바닥이 축축이 젖어들었다.

"일단 내 생각에는 체인지업의 포지션이 애매한 거 같아."

"포지션이요?"

"너 포심 패스트볼 구속이 어느 정도야?"

"지난번 등판 때는 평균 96mile/h(≒154.5㎞/h) 정도 나왔던 것 같아요."

"확실히 나보다 빠르네. 거의 내 전성기 때 수준인데?"

"그냥 빠르기만 한 건데요 뭘."

"짜식, 겸손은. 어쨌든 포심 패스트볼이 96mile/h 정도면 체인지업은 85mile/h 이상 나와줘야 밸런스가 맞는데 타석에서는 그 정도로 안 느껴지거든?"

"그래요?"

"게다가 너무 무브먼트를 살리려고 하는 느낌이 들어. 억지로 손목을 쓰면서 말이야."

류현신의 지적에 박건호가 뜨끔한 표정을 지었다. 실제로 체인지업을 던질 때마다 맞지 않기 위해 예전보다 많이 손목을 비트는 게 사실이었다.

"조금 냉정한 말일지도 모르겠지만 너하고 이 체인지업은 좀 안 맞는 것 같아."

"헉……."

"가르쳐 주기 싫어서 괜한 소리 하는 건 아니니까 오해하지 말고. 내 생각에 지금 네게 필요한 체인지업은 요란하게 움직이는 체인지업이 아니야."

"그럼요?"

"건호야, 넌 투수들이, 특히나 선발 투수들이 왜 체인지업을 던진다고 생각하는데?"

"그야…… 타자의 타이밍을 빼앗기 위해서잖아요."

"그래, 타자의 타이밍을 빼앗기 위함이지. 그럼 왜 타자의 타이밍을 빼앗아야 하는데?"

"빠른 공이 타자의 눈에 익는 걸 막기 위해서요?"

"그런 측면도 없지 않지. 하지만 그보다 더 큰 이유는 조금 더 효율적으로 타자를 상대하기 위해서가 아닐까?"

"효율…… 적으로?"

"투수가 마운드에서 오래 버티려면 가장 중요한 건 체력 관리야. 그리고 그 체력과 연관되는 게 투구 수고."

"그렇죠. 투구 수."

"투구 수를 줄이는 가장 좋은 방법이 뭘까?"

"쓸데없는 공을 던지지 않는 거요?"

"아니, 맞춰 잡는 거."

"아……."

"공 하나로 타자의 방망이를 이끌어내서 범타로 유도해 내는 거. 그게 가장 효율적으로 투구 수를 줄이는 방법이지. 그런 점에서 네 체인지업은 던지는 목적부터 다시 생각해 볼 필요가 있어."

"목적이라……."

"그렇다고 커브처럼 처음부터 다시 시작해야 한다는 이야기는 아니니까 걱정하진 말고."

류현신이 씩 웃으며 박건호의 어깨를 두드렸다.

하지만 박건호는 따라 웃지 못했다. 목적부터 다시 생각해 봐야 한다는 류현신의 지적이 뼈아프게 다가 온 것이다.

생각해 보면 박건호는 커브와 체인지업을 거의 동일한 목적으로 활용하고 있었다.

타자가 포심 패스트볼과 슬라이더의 타이밍에 익숙해졌다 싶을 때 던지는 일종의 보여주기 식 공.

물론 가끔 볼카운트를 잡는 용도로 사용하기도 했지만 주된 목적은 다음 승부를 위해 판을 깔아주는 목적구에 불과했다.

그렇다 보니 류현신의 말처럼 체인지업의 포지션이 애매해졌다.

타자들의 시선을 빼앗는 목적이라면 체인지업보다 커브가 훨씬 나았다. 아직 완성된 건 아니지만 포심 패스트볼과 평균 13mile/h(≒20.9㎞/h) 정도 차이가 나는 커브가 체인지업보다는 확실히 타자들에게 더 효과적이었다.

하지만 그렇다고 해서 오랫동안 던져 온 체인지업을 이대로 버릴 수도 없었다.

던지는 구종이 다양하다면 또 모르겠지만 박건호가 던질 수 있는 건 포심 패스트볼과 커브, 슬라이더, 체인지업뿐이었다.

모렐 허사이져에게 전수받은 투심 패스트볼과 싱커는 아직 실전에서 써 먹기 어려웠다. 올 겨울에 투심 패스트볼과 싱커에 전념한다 하더라도 내년 시즌 투구 레퍼토리에 추가할 수 있을지 의문이었다.

"형, 아니, 선배님. 제가 어떻게 해야 할까요?"

박건호가 진지한 얼굴로 물었다. 그러자 류현신의 표정도 덩달아 진중하게 변했다.

"좀 위험한 조언이긴 한데 일단 들어만 볼래?"

"네, 선배님."

"자꾸 선배님 선배님 하면 말 안 해준다."

"네. 선, 아니, 형."

"일단은 무브먼트에 신경 쓰기보다는 체인지업의 구속을 끌어올리는 게 좋을 거 같아."

"구속을요?"

"그래, 아예 체인지업을 조금 느린 포심 패스트볼처럼 던지는 거지. 그렇게 되면 타자들도 지금처럼 체인지업을 무작정 걸러내지는 못할 거야."

류현신은 자신이 배우다 포기했던 체인지업을 쥐어 보였다. 일명 포심 체인지업. 포심 패스트볼과 큰 차이가 없이 날아가다가 마지막 순간에 살짝 가라앉는, 싱커에 가까운 체인지업이었다.

"이게 윌슨이 잘 던지던 공인데 내가 몇 번 따라해 봤거든. 그런데 안 되더라."

"어떻게 던지는 건데요?"

"그러니까 포심 패스트볼 그립에서 이렇게 옮겨 잡고……."

류현신은 자신이 알고 있는 모든 걸 박건호에게 알려주었다. 던지는 요령까지 완벽하게 파악하고 있는 건 아니지만 자신이 시행착오 끝에 알아낸 것들까지 빼먹지 않고 털어놓았다.

그런데 류현신이 포심 체인지업이라고 일러준 그 공이 모렐 허사이져에게 배웠던 싱커와 묘하게 겹치는 구석이 있었다.

"잠깐만요, 형. 뭔가 느낌 왔어요."

박건호가 다시 마운드에 섰다. 그러고는 류현신이 가르쳐준 그립을 쥐고 모렐 허사이져에게 배운 싱커를 던지듯 공을 던졌다.

팟!

자신만만하게 던졌지만 첫 공은 손에서 완전히 빠져 버렸다. 두 번째 공은 반대로 조나단의 미트에 도달하지도 못하고 바운드가 되어버렸다.

"건호야, 무리하지 마."

류현신이 걱정스런 목소리로 말했다. 단순히 그립과 던지는 느낌을 안다고 해서 누구나 새로운 구종을 익힐 수 있는 건 아니었다.

그 구종이 잘 맞는 사람은 금세 배우지만 그렇지 못한 사람은 평생을 던져도 손에서 겉돌 수 있었다.

하지만 박건호는 운명처럼 찾아온 이 느낌을 결코 포기하고 싶지 않았다.

"형, 잠깐만요. 조금만 더 봐 주세요."

7구째를 던졌을 때 박건호는 처음으로 조나단이 잡을 만한 공을 던질 수 있었다. 그리고 12구째가 되자 스트라이크존에 공이 들어가기 시작했다.

"올~ 이거 괜찮은데?"

불안한 눈으로 박건호의 투구를 지켜보던 류현신이 눈을 반짝였다. 완성된 구종이라 보긴 어렵지만 적어도 박건호가 던져 왔던 어정쩡한 포지션의 체인지업보다는 괜찮다는 느낌이 들었다.

"형, 죄송한데 타석에 한 번만 서 주시겠어요?"

"타석에? 야, 너 그러다 나 맞추는 거 아니지?"

"에이, 형. 혹시 멍들면 파스는 사 드릴게요."

"와…… 이 자식, 형을 너무 부려먹는데? 잠깐만 기다려."

류현신은 헬멧부터 시작해 각종 보호 장구를 전부 착용한 뒤에 방망이를 집어 들었다. 어차피 타격이 목적이 아니다 보니 박건호를 위해 일부러 좌타석에 들어섰다.

"형, 느낌이 어떤지부터 봐 주세요!"

"알았으니까 몸 쪽으로 붙이지는 마."

"걱정 마요! 엉덩이 쪽으로 던질게요."

"이 자식이! 너 내가 들고 있는 거 안 보이냐?"

"농담이에요, 농담. 설마하니 제가 형을 맞추겠어요?"

박건호가 씩 웃었다. 아직 부족한 후배를 위해 휴식 시간까지 반납하고 도와주는 류현신에게 감히 빈볼을 던질 생각은 눈곱만큼도 없었다.

박건호는 일찌감치 바깥쪽으로 타깃을 잡았다. 그리고 길게 숨을 고른 뒤 빠르게 공을 내던졌다.

후앗!

박건호의 손끝을 빠져나간 공이 한복판을 지나 바깥쪽 코스로 빠져 나갔다. 그러더니 마지막 순간에 살짝 가라앉으며 조나단의 미트 속으로 빨려 들어갔다.

"이 정도면 괜찮지 않아요?"

공을 받아 든 조나단이 류현신을 바라보며 말했다.

"후우……."

류현신이 대답 대신 길게 한숨을 내쉬었다. 고작 공 하나 가지고 확신하긴 어렵지만 타석에서의 느낌은 기대 이상이었다. 이대로 조금만 더 가다듬는다면 정말로 무시무시한 공이 될 것 같았다.

"건호야, 이번엔 몸 쪽으로 한번 붙여봐!"

"몸 쪽으로요?"

"그래, 한번 느낌만 보자."

"알았어요."

박건호는 주문대로 류현신의 몸 쪽으로 체인지업을 찔러 넣었다. 류현신이 맞을까 봐 거의 한복판에 몰리듯 들어갔지만 공의 움직임을 확인하기에는 아무런 문제가 없었다.

박건호의 손끝을 타고 쭉 뻗어 나오던 공이 마지막 순간에 공 두 개 정도 밑으로 가라앉아 버렸다.

무브먼트가 대단하다고 보긴 어렵지만 이제 고작 십여 개 던진 것 치고는 날카로운 느낌이었다.

포심 패스트볼을 노리고 들어온 타자라면 아마 공의 윗부분을 건드릴 수밖에 없을 것 같았다.

4

이틀 후.

한인의 날을 기념한 다저스와 로키스 간의 시즌 11차전 경기가 열렸다.

"안녕하세요~ 트와이즈입니다!"

식전 행사로 인기 걸그룹 트와이즈가 그라운드에 올랐다. 그리고 그 옆으로 선발 투수인 박건호를 대신해 류현신이 헤벌쭉 웃으며 팔을 흔들었다.

트와이스 멤버들을 가까이서 보길 바랐던 박건호는 아쉽게도 불펜으로 불려갔다. 오스틴 번이 포심 체인지업이 낯설다며 박건호를 붙잡았기 때문이다.

퍼엉!

박건호의 손끝을 빠져나온 공이 마지막 순간에 살짝 가라앉으며 오스틴 번의 미트 속으로 빨려 들어갔다. 고작 이틀 사이에 박건호의 포심 체인지업은 오스틴 번이 고개를 주억거릴 정도로 좋아져 있었다.

하지만 정작 박건호는 불만이 가득한 얼굴이었다.

"뭐야, 잘만 받잖아."

"아직 멀었어. 이번에도 웹에 정확하게 걸려들지 않았다고."

"그야 어쩔 수 없는 거잖아."

"아니, 건 네가 나한테 최소한 상의라도 하고 새 구종을 익혔다면 달랐겠지."

처음 박건호의 포심 체인지업을 봤을 때 오스틴 번은 기대보다 걱정이 더 컸다. 박건호가 처음으로 선발 등판하는 경기에서 중요한 순간에 던진 포심 체인지업을 제대로 포구하지 못하면 어쩌나 하는 부담감을 떨쳐 내지 못했다.

한편으로는 자신에게 한마디 언질도 없이 새 구종을 만들어 온 박건호가 얄미웠다.

하지만 그렇다고 해서 박건호를 골탕 먹이기 위해 일부러 불펜에 붙잡아 둔 건 결코 아니었다.

"건! 이제 좀 낮게 던져 봐."

"낮게?"

"그래, 바운드되는 공도 좋고 낮게 깔리는 공도 좋아. 한번 최대한 낮게 던져 봐."

"그래, 알았어."

오스틴 번은 최대한 다양한 코스를 요구하며 포심 체인지 업의 무브먼트에 익숙해지려 노력했다.

그게 생에 첫 선발 등판 경기에 야스마니 그린이 아닌 자신을 선택해 준 박건호에 대한 보답이라고 여겼다.

그렇게 코스 점검이 끝날 때쯤 릭 허니컷 투수 코치가 다가왔다.

"건, 오늘 컨디션은 어때?"

"좋습니다."

"그럼 잘 해보라고. 첫 경기니까 너무 욕심 부리지는 말고. 알았지?"

릭 허니컷 코치가 마운드로 올라가라고 말했다. 아울러 한국의 걸그룹의 무대가 생각보다 호응이 좋았다고 덧붙였다.

"후우……."

박건호가 무겁게 한숨을 내쉬었다. 꼭 한번 가까이서 보고 싶었던 트와이즈의 무대가 끝나 버린 만큼 마운드 위에서 그 아쉬움을 달래야 할 것 같았다.

5

　-트와이즈라고 했던가요? 한국 가수라고는 피에스와이밖에 몰랐는데 오늘 정말 좋은 가수들을 알게 된 것 같아 기분이 좋네요.

　-하하. 정확하게는 트와이즈의 섹시함이 좋은 것이겠죠?

　-흠흠, 더 이상은 노코멘트 하겠습니다. 어쨌든 이제 곧 경기가 시작될 텐데요. 오늘 선발이 건입니다.

　-이번 시즌 불펜에서 좋은 모습을 보여주고 있는데요. 한인의 날을 맞이해서 깜짝 선발로 발탁된 것 같습니다.

　-류현신의 갑작스러운 부상 이야기를 하지 않을 수 없겠죠.

　-다행히도 정밀 검사 결과 큰 부상은 아니라고 하네요. 조금 서둘러 페이스를 끌어올리는 과정에서 조금 통증이 온 것이라고 알고 있습니다.

　-류현신은 언제쯤 돌아올까요?

　-글쎄요. 정확한 건 재활을 시작해 봐야겠지만 8주 정도 걸리지 않을까 생각합니다.

　-일단 다저스는 류현신을 15일짜리 DL에 올리겠다고 발표했는데요.

　-류현신 본인의 복귀 의지가 강하니까요. 무턱대고 60일

DL에 올리는 것보다는 회복 추이를 지켜보려는 것 같습니다.

―그렇다면 류현신이 돌아올 때까지 나머지 선발 자리는 건이 맡게 되는 걸까요?

―글쎄요. 솔직히 그럴 가능성은 높지 않습니다. 오늘은 한인의 날이니 특별히 한국인인 건이 선발로 나선 것이겠죠.

―하지만 건이 오늘 좋은 투구를 보여준다면 선발진에서 활약할 기회를 잡을 수 있지 않을까요?

―물론 그럴 가능성도 아예 없는 것은 아닙니다. 하지만 서부 지구 타격 1위 팀 로키스입니다. 팀 홈런도 가장 많고요.

―박건호가 오늘 경기에서 호투하기 쉽지 않다고 전망하시는 거로군요.

―아무래도 전문 선발 투수는 아니니까요. 며칠 휴식을 취하긴 했지만 잠깐 사이에 불펜 투수의 몸을 선발 투수로 바꾸긴 어려울 것 같습니다.

―투구 내용을 전망해 보신다면요?

―5이닝을 버티면 좋겠지만…… 3이닝 전후에서 마운드를 내려오지 않을까 생각합니다.

다저스 홈경기 해설자 매리 헤어스톤은 박건호의 호투를 기대하는 건 무리라고 말했다. 아울러 불펜에서 잘 던지고 있던 투수를 한인의 날이라는 이유로 갑작스럽게 선발로 돌린 다저스 구단의 결정이 마음에 들지 않는다고 덧붙였다.

박건호가 불펜에서 빠진 채 치른 메츠와의 홈 4연전에서 다저스는 2승 2패를 거두었다.

에이스 슬레이튼 커쇼와 최근 기세가 좋은 스캇 카이저를 내세워 첫 두 경기를 손쉽게 잡아냈지만 마에다 케이타가 출전한 3차전과 훌리오 유레아스가 나선 4차전은 아쉽게 패배하고 말았다.

3차전은 불펜 싸움에서 승부가 갈렸다. 마에다 케이타가 5이닝 4실점의 아쉬운 피칭을 하고 마운드를 내려간 상황에서 타자들이 5회 말 대거 넉 점을 뽑아내며 경기를 6 대 5로 뒤집었는데 6회에 마운드에 올라온 애드 리베라토레가 불을 지르면서 경기 흐름이 메츠 쪽으로 완전히 넘어가고 말았다.

4차전의 분위기도 별반 다르지 않았다. 3이닝 만에 무너진 훌리오 유레아스를 대신해 마운드에 오른 야디에르 알베스가 2이닝을 1실점으로 버티며 경기 흐름을 비등하게 끌고 왔지만 불펜진의 난조 속에 6회와 7회에만 4점을 내주며 경기를 완전히 내주고 말았다.

메츠전 연패의 분위기는 어제 있었던 로키스전까지 이어졌다.

임시 선발로 콜업된 로스 스트리플이 로키스의 강타선을 상대로 분전(6이닝 4실점 3자책)하는 것까지는 좋았는데 7회에 또

다시 경기 흐름을 놓쳐 버렸다.

　구원 등판한 페드로 바이즈가 3점 홈런을 얻어맞으며 올 시즌 두 번째 3연패의 늪에 빠지게 된 것이다.

　그 과정에서 지구 선두 자이언츠와의 격차는 4경기까지 벌어져 버렸다. 만약 오늘 경기에서 박건호가 허무하게 무너지기라도 한다면 올 시즌 첫 4연패 달성은 물론이고 상반기 내에 자이언츠를 따라잡겠다는 목표 자체도 물거품이 될 가능성이 높았다.

　다저스 중계진이 우려의 목소리를 늘어놓는 사이 로키스의 1번 타자 찰리 브랙몬이 타석에 들어왔다.

　187안타, 29홈런, 82타점, 111득점, 17도루.

　타율 0.324, OPS 0.933(0.381/0.552).

　지난해 커리어 하이 시즌을 보낸 찰리 브랙몬은 이번 시즌에도 1번 타순에서 제 역할을 톡톡히 해주고 있었다.

　특히나 같은 지구 팀인 양키즈를 상대로 0.333의 타율과 0.400의 출루율을 기록하고 있었다.(시즌 0.321/0.385)

　어제 경기에서도 찰리 브랙몬은 경기 후반에만 2개의 안타를 때려냈다. 그리고 두 번 모두 득점에 성공하며 양키즈의 추격에 찬물을 끼얹었다.

그 모습을 벤치에서 지켜본 탓일까.

'건, 바로 승부를 걸자.'

오스틴 번은 초구부터 포심 체인지업 사인을 냈다.

"뭐?"

순간 박건호가 눈을 치떴다. 설마하니 초구부터 포심 체인지업 사인이 나올 거라고는 생각지도 못한 얼굴이었다.

그러나 오스틴 번도 아무 생각 없이 포심 체인지업을 요구한 게 아니었다.

1번 타자임에도 찰리 브랙몬의 1회 타율은 0.288로 좋지 않았다. 삼진을 18번이나 당하는 동안 사사구는 단 3개에 불과했다.

어제 경기 첫 번째 타석 때도 찰리 브랙몬은 초구부터 방망이를 내돌렸다.

두 개의 파울 타구를 때린 뒤에 로스 스트리플의 3구 체인지업을 잡아당겨 2루수 땅볼로 물러나긴 했지만 그 기세만큼은 로스 스트리플을 압도하고도 남을 정도였다.

오스틴 번은 오늘도 찰리 브랙몬이 초구부터 적극적으로 방망이를 내돌릴 거라 여겼다. 마운드에 올라온 투수는 올 해 데뷔한 신인이었다.

그것도 엊그제까지는 불펜에서 공을 던지던 투수였다.

정교함과 펀치 능력까지 갖춘 화끈한 1번 타자 찰리 브랙몬이 박건호에게서 사사구를 얻어 1루로 나가려 하지는 않을 터. 눈에 들어오는 공이라면 초구부터 적극적으로 방망이를 내돌릴 것이라고 판단했다.

'건! 어차피 한 번은 겪어야 할 일이야. 그렇다면 지금 맘 편이 던지라고! 어서!'

오스틴 번이 박건호의 대답도 받지 않은 채 미트를 들어 올렸다.

"젠장! 잘못되기만 해 봐."

박건호도 어쩔 수 없이 고개를 주억거렸다. 그러고는 길게 숨을 내쉰 뒤 빠르게 투수판을 박차며 공을 내던졌다.

후앗!

박건호의 손끝을 빠져나간 공이 곧장 찰리 브랙몬의 몸 쪽을 파고들었다.

그러자 찰리 브랙몬이 기다렸다는 듯이 방망이를 내돌렸다.

'초구부터 포심 패스트볼이라. 겁이 없는 건 좋다만 상대를 잘못 골랐어.'

후웅!

순식간에 허리춤을 빠져나온 방망이가 홈 플레이트 앞으로 다가온 공을 집어삼킬 듯 달려들었다.

하지만.

따악!

둔탁한 소리와 함께 튕겨져 나간 타구는 깊숙이 수비하고 있던 2루수 엔리 에르난데스의 글러브 속으로 빨려 들어가 버렸다.

"에이든!"

거의 제자리에서 포구한 엔리 에르난데스가 1루수 에이든 곤잘레스에게 가볍게 공을 던졌다.

퍼억!

포구 소리와 함께 1루심이 오른팔을 들어 올렸다. 그렇게 첫 번째 아웃 카운트가 눈 깜짝할 사이에 만들어졌다.

"뭐야? 대체 뭘 던진 거야?"

1루 베이스 앞에서 몸을 돌리며 찰리 브랙몬이 박건호를 노려봤다. 분명 완벽하게 스윙을 했는데 정작 공은 방망이 밑동에 걸려 버렸다.

"에이제이, 방금 전 공 봤어?"

찰리 브랙몬이 대기 타석에 있던 에이제이 르메휴를 바라봤다.

하지만 초구가 궁금한 건 에이제이 르메휴도 마찬가지였다.

"뭐야? 구종을 파악하지 못한 거야?"

"분명 포심이라고 여겼는데 타이밍이 맞지 않았어."

"그럼 싱커인 건가? 모렐 허샤이저가 저 녀석에게 투심과 싱커를 가르쳐 줬다고 하던데."

"확실한 거야?"

"모렐 허샤이저가 방송 중에 말한 내용이라고."

"흠……. 그런데 싱커 같지는 않았는데."

"그래도 대충 어떤 구종인지 알 것 같으니까 괜찮겠지."

에이제이 르메휴는 찰리 브랙몬이 당한 게 싱커라고 확신했다. 그리고 싱커라면 분명 포심 패스트볼과는 어느 정도 구분이 될 것이라고 여겼다.

'확실하지 않은 공은 거르고, 포심 패스트볼을 노리자고.'

우타석에 들어선 에이제이 르메휴가 장갑을 낀 손으로 코끝을 한 번 훔쳤다.

그 순간.

후앗!

박건호의 손끝을 빠져나간 공이 바깥쪽으로 파고들었다.

퍼엉!

에이제이 르메휴는 일단 초구를 지켜봤다. 찰리 브랙몬이 초구에 아웃된 터라 어쩔 수 없이 자신이 선두 타자 역할을 할 수밖에 없었다.

"스트라이크!"

구심이 가볍게 오른손을 들어 올렸다.

'살짝 빠졌나 싶었는데…….'

에이제이 르메휴가 가볍게 고개를 주억거렸다. 어제 경기 구심보다 공 반 개 정도를 넓게 잡아주긴 했지만 그 정도는 충분히 받아들일 수 있었다.

'2구째는 유인구가 들어오겠지?'

에이제이 르메휴는 오늘 첫 선발 등판인 박건호가 초반부터 공격적으로 덤벼들지는 못할 거라 여겼다. 5이닝 정도를 소화하기 위해서는 불펜에 있을 때처럼 전력을 다해 공을 던질 수가 없었다.

실제 전광판에 찍힌 초구의 구속도 94mile/h(≒151.3㎞/h)에 불과했다. 불펜에서 최고 97mile/h(≒156.1㎞/h)까지 던졌던 걸 감안하면 체력 배분을 하고 있다는 이야기였다.

이 경우 가장 좋은 방법은 타자들과 적극적으로 승부해 투구 수를 아끼면서 최대한 긴 이닝을 소화하는 것이었다.

하지만 박건호가 올해 메이저 리그에 데뷔한 루키고 포수석에 수비적인 불펜 포수가 앉아 있는 만큼 반대로 유인구를 통해 볼카운트를 잡으려 들 가능성이 높아 보였다.

방망이를 끌어내기 위한 변화구가 들어올 거라는 에이제이 르메휴의 예상은 적중했다.

후앗!

박건호의 손끝을 빠져나온 공이 느릿한 포물선을 그리며 홈 플레이트로 날아들었기 때문이다.

하지만 그 결과까지 맞춰내진 못했다. 바깥쪽 유인구라 지켜보면 볼이 될 거라 여겼지만.

"스트라이크!"

바깥쪽으로 빠져나가나 싶다가 마지막 순간에 살짝 안쪽으로 말려들어 스트라이크존 끝에 걸쳐 들어오는, 박건호 특유의 백도어성 커브까지는 미처 예상하지 못한 것이다.

그렇게 원 스트라이크 원 볼이 되어야 할 상황이 투 스트라이크 노 볼로 바뀌었다.

"젠장할."

여유롭던 에이제이 르메휴의 표정도 다급하게 변했다. 장갑을 낀 손으로 코를 훔칠 새도 없이 방망이를 추켜들어야 했다.

'건, 지금이야.'

에이제이 르메휴를 궁지로 몰아넣는 데 성공하자 오스틴 번이 왼팔을 한 번 훑은 뒤 손가락 네 개를 펼쳤다. 그러고는 과감하게 에이제이 르메휴의 몸 쪽으로 미트를 붙여 넣었다.

"후우……."

박건호의 입에서 절로 한숨이 흘러나왔다. 투 스트라이크를 잘 잡아났는데 만에 하나 이 공이 잘못되어 말려 들어가기라도 한다면 장타로 이어질 가능성이 높았다.

'건, 자신 없으면 말해. 이번에는 바꿔줄 테니까.'

찰리 브랙몬을 상대할 때와는 달리 오스틴 번은 박건호의 결정을 기다려 주었다. 찰리 브랙몬과의 초구 승부는 실패한다 해도 그만이었다.

하지만 에이제이 르메휴는 달랐다. 유리한 볼카운트에서 마지못해 던진 공이 안타로 이어진다면 박건호의 자신감도 무너질 수밖에 없었다.

그러나 크게 숨을 들이켠 박건호는 이내 고개를 주억거렸다.

'좋아. 해보자.'

박건호가 포심 패스트볼 그립을 살짝 변형해 쥐었다. 그리고 오스틴 번의 미트를 향해 이를 악물고 공을 내던졌다.

후앗!

박건호의 손끝을 빠져나간 공이 한복판을 지나 에이제이 르메휴의 몸 쪽으로 파고들었다.

'어림없다!'

에이제이 르메휴가 기다렸다는 듯이 방망이를 휘둘렀다. 특유의 잡아당기는 스윙 탓에 방망이가 멀리 돌아 나와야 했지만 90마일 초반 대의 포심 패스트볼을 맞춰내는 데는 아무런 문제가 없을 거라고 확신했다.

하지만 홈 플레이트 코앞에서 한 번 꿈틀거린 공은 자신만만한 에이제이 르메휴를 농락하듯 그의 시야 밑으로 사라져 버렸다.

"뭐, 뭐야? 파울이야?"

당황한 에이제이 르메휴가 오스틴 번을 바라봤다. 그러자 오스틴 번이 대답 대신 미트의 웹에 박혀 있는 공을 들어 올려 보였다.

"젠장할! 대체 뭘 던진 거야?"

설사 파울이었다 해도 달라질 게 없는 결과 앞에 에이제이 르메휴도 짜증스럽게 몸을 돌려야 했다.

—건! 오늘 경기 첫 번째 삼진입니다! 로키스의 까다로운 테이블 세터를 공 4개로 잡아냅니다.

—몸 쪽으로 붙여 넣은 공이 좋았는데요. 포심 패스트볼처럼 보였는데 마지막에 살짝 잠겨 들어가는 것 같습니다.

—체인지업이었을까요?

—글쎄요. 지금까지 건이 보여주었던 체인지업과는 느낌이 다른, 새로운 오프 스피드 피치였던 것 같은데요.

—그러니까 선발 데뷔를 앞두고 건이 새로운 구종을 가지고 나왔다는 말인가요?

—아마 새 구종에 대한 준비는 캠프 때부터 했을 것 같습니다. 다만 불펜에서는 잘 던질 수 있는 구종 위주로 활용했겠죠.

—어쨌든 건이 오늘 경기를 잘 준비해 왔다는 생각이 듭니다. 다저스의 3연패 탈출이 저 어린 선수의 어깨에 달려 있는데요.

─아직 속단하긴 이릅니다만 다음 타자인 노런 아레나도까지 잡아낸다면 오늘 경기가 흥미로워질지도 모르겠습니다.

다저스 중계진의 기대치가 조금씩 높아지는 가운데 타석에 로키스의 간판타자인 3번, 노런 아레나도가 들어섰다.

노런 아레나도는 말이 필요 없는 내셔널 리그 최고의 강타자 중 한 명이었다.

지난해 내셔널 리그 홈런 부분 1위(41), 타점 부분 1위(133)를 기록하며 2년 연속 시즌 MVP급 활약을 펼쳤다. 그리고 그 활약은 올해도 계속되고 있었다.

하지만 오스틴 번은 노런 아레나도라고 해서 어렵게 승부할 생각이 전혀 없었다.

'건, 겁먹지 마. 이 녀석, 보기와는 다르게 좌완 투수에 약한 편이라고.'

노런 아레나도의 등장에 잔뜩 긴장한 박건호를 달래듯 오스틴 번이 미트를 팡팡 두드렸다. 그러고는 초구부터 과감하게 몸 쪽으로 미트를 붙여 올렸다.

"허……!"

오스틴 번의 사인을 확인한 박건호가 헛웃음을 터뜨렸다.

다른 선수도 아니고 노런 아레나도에게 하이 패스트볼이라니. 겨우 숨 좀 돌리나 했다가 다시 숨통이 턱 하고 막히는 기분이었다.

물론 박건호도 노런 아레나도가 의외로 몸 쪽 높은 코스에 약하다는 건 알고 있었다.

하지만 그건 어디까지나 그 코스에 정확하게 공이 들어갔을 때의 이야기다.

공이 조금이라도 홈 플레이트 쪽으로 몰려 들어가면 그야말로 한복판이다. 반대로 손에서 빠져나가면 위협구로 오해받을 수 있었다.

오스틴 번이 원하는 코스로 정확하게, 그러면서 빠르고 힘있게.

이제 막 메이저 리그 선발 데뷔를 하는 루키에게 지나치게 빡빡한 주문이나 다름없었다.

그러나 오스틴 번의 미트는 단호했다. 애당초 불가능했다면 사인조차 내지 않았다며 왼팔을 들어 올린 채 꼼짝도 하지 않았다.

그 고집이 잠시 주춤거렸던 박건호의 심장에 불을 댕겼다.

"그래, 어디 한번 해보자."

박건호가 단단히 고개를 주억거렸다. 그러고는 오스틴 번의 미트를 향해 전력으로 공을 내던졌다.

후앗!

박건호의 손끝을 빠져나온 공이 솟구치듯 노런 아레나도의 얼굴 쪽으로 날아들었다.

어지간한 타자들 같았다면 미간을 찌푸리고 뒤로 물러설 만한 코스였다.

하지만 노런 아레나도는 망설임 없이 방망이를 휘둘렀다.

딱!

크게 돌아 나온 방망이 손잡이 부분을 스치며 공이 백네트 쪽으로 날아갔다. 오스틴 번이 원하던 코스보다 공이 살짝 낮게 들어오면서 노런 아레나도의 스윙에 아슬아슬하게 걸려 버린 것이다.

하지만 오스틴 번은 만족스러운 얼굴로 고개를 끄덕였다.

"좋아! 잘했어! 건!"

오스틴 번이 크게 소리치며 박건호에게 공을 돌려주었다.

그러자 노런 아레나도가 오스틴 번 쪽으로 고개를 돌렸다.

"초구부터 위협구를 요구한 거야?"

"위협구라니. 보면 몰라? 스트라이크존에 걸쳐 들어왔다고."

"그러니까 저 애송이가 이 코스를 노리고 공을 던진 거다? 그걸 나더러 믿으라고?"

"믿고 안 믿고는 네 자유인데 쓸데없이 오해는 하지 말라고. 이제 1회 초인데 투 아웃 잘 잡아놓고 널 맞출 이유가 없잖아. 안 그래?"

"말은 잘하는군."

노런 아레나도는 코웃음을 쳤다. 오스틴 번은 아니라고 했지만 보나마나 바깥쪽 코스를 염두에 두고 몸 쪽으로 위협구를 요구한 게 틀림없다고 여겼다.

그런 노런 아레나도를 위해 오스틴 번이 또다시 재미난 사인을 냈다.

첫 번째 수신호는 손가락 두 개.

두 번째 수신호는 손가락 세 개.

세 번째 수신호는 엄지손가락 하나.

"저 자식이 재미 들렸나."

사인을 확인한 박건호의 입에서 절로 욕지거리가 터져 나왔다.

또다시 몸 쪽으로 공을 붙이는 것도 부담스러운데 높은 코스에 슬라이더를 집어넣으라니. 조금 전 노런 아레나도의 스윙을 감안했을 때 걸릴 가능성이 훨씬 높았다.

하지만 오스틴 번은 자신만 믿으라며 포켓을 활짝 벌렸다.

"젠장, 나도 모르겠다."

박건호도 반쯤 체념하듯 그립을 고쳐 쥐었다. 그러면서 머릿속으로 가장 이상적인 슬라이더의 궤적을 그려보았다.

포심 패스트볼처럼 날아들다가 홈 플레이트 앞쪽에서 꼬리를 말며 떨어지는 슬라이더의 무브먼트를 감안했을 때 초구보다는 공 하나 이상 높게 던져야 얻어맞지 않을 것 같았다.

오스틴 번의 판단도 박건호와 크게 다르지 않았다. 아예 보란 듯이 노런 아레나도의 어깨 쪽까지 미트를 들어 올리며 높게 던지라고 신호했다.

"좋아, 간다."

길게 숨을 내쉰 뒤 박건호가 힘차게 투수판을 박차고 나갔다.

후앗!

총알처럼 튕겨져 나간 공이 한복판을 지나 또다시 노런 아레나도의 몸 쪽으로 날아들었다.

그러자 노런 아레나도가 이번에도 참지 못하고 방망이를 움직였다.

후웅!

살짝 높은 공의 궤적을 의식하듯 노런 아레나도가 초구보다 빠르게 허리를 돌렸다.

하지만 마지막 순간에 살짝 꺾여 들어온 공은 이번에도 방망이의 손잡이 부분을 스친 뒤 백네트 쪽으로 빠져나가 버렸다.

"크으으!"

노런 아레나도의 입에서 절로 신음이 터져 나왔다. 슬라이더가 아니라 포심 패스트볼이었다면 방망이 중심에 걸렸을 거란 아쉬움이 남은 것이다.

"어디 한 번 더 던져 봐!"

노런 아레나도가 타석에 들어서며 낮게 으르렁거렸다.

하지만 투 스트라이크 노 볼 상황에서 박건호-오스틴 번 배터리가 더 이상 무리할 이유는 전혀 없었다.

"자, 이걸로 끝내자."

오스틴 번이 3구째 포심 패스트볼 사인을 냈다.

코스는 바깥쪽 높은 곳. 스트라이크존에 아슬아슬하게 걸리는 볼이 들어온다면 노런 아레나도도 참지 못하고 방망이를 내돌릴 거라 확신했다.

"후우……. 이거라면."

박건호도 한결 가벼운 마음으로 고개를 주억거렸다. 그리고 오스틴 번의 미트를 향해 있는 힘껏 공을 내던졌다.

후앗!

박건호의 손끝을 빠져나간 공이 도망치듯 바깥쪽으로 날아들었다.

"어딜!"

노런 아레나도가 다급히 방망이를 휘둘러 봤지만 소용없었다.

퍼엉!

공이 크게 퍼져 나온 스윙보다 한 발 먼저 오스틴 번의 미트 속에 파묻혔다.

"스트라이크, 아웃!"

구심의 요란스러운 콜 소리가 경기장에 울려 퍼졌다. 그리고 잠시 후.

"건!"

"짜식! 잘했어!"

다저스 스타디움 곳곳에서 뜨거운 환호성이 터져 나왔다.

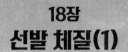

18장
선발 체질(1)

1

"자자, 십 달러씩. 빨리빨리."

관중석 한편에서 교포로 보이는 중년 사내 하나가 호기롭게 소리쳤다.

"뭐야, 저 녀석. 오늘이 첫 선발 아니었어?"

"그러게 말이야. 왜 저렇게 잘 던지는 거야?"

좌우에 있던 사내들이 쓴웃음을 지으며 10달러짜리 지폐한 장을 내밀었다.

류현신의 선발 자리를 빼앗았다는 생각에 일부러 박건호가 1회에 실점하는 쪽에 10달러를 걸었는데 이런 결과가 나오리라고는 전혀 예상하지 못한 모양이었다.

"이럴 게 아니라 50달러 내기 하자."

"뭐? 50달러?"

"그래, 까짓 거 해."

"뭘 더 하자는 거야?"

"건이 몇 이닝 버티나 내기하자고. 난 3이닝."

"젠장. 똑같이 걸면 재미없겠지?"

"당연하지. 그런 의미에서 난 4이닝."

"난…… 하아, 젠장. 5이닝은 너무 부담스러운데."

"그럼 2이닝 하시든가."

"아니야. 난 그냥 오늘 건을 믿어볼래. 까짓것 50달러 내면 되는 거지 뭐. 어차피 이긴 사람이 저녁 사는 거잖아."

"그럼 그러시든가. 이거 저 얄미운 녀석 덕분에 공짜 저녁을 먹게 생겼는걸?"

"누가 할 소리? 이기는 건 나라고."

박건호의 예상치 못한 호투 덕분에 내기 판이 커졌다.

하지만 정작 돈을 딴 사람도 설마하니 박건호가 5이닝을 버틸 거라고는 생각하지 않았다.

"이번 이닝을 넘기긴 어려울 거야."

다저스의 공격이 삼자범퇴로 끝이 나고 로키스의 2회 초 공격이 시작되자 로키스의 월트 와이트 감독은 보란 듯이 박건호의 강판을 예견했다.

앞선 1회야 운이 따랐지만 4번부터 시작되는 2회는 쉽지 않을 거라고 확신했다.

리그 최정상급 선발 투수조차 부담스러워하는 로키스의 중심 타선을 상대로 박건호가 무실점으로 버티는 기적은 일어날 리 없다고 단정 지었다.

"서두를 필요 없지. 초조한 건 저 녀석이니까."

선두 타자로 나선 4번 타자 카를로 곤잘레스도 타석에서 한껏 여유를 부렸다. 발로 느긋하게 타석을 고른 뒤 특유의 오픈 스탠스로 자리를 잡았다. 그러고는 방망이를 어깨에 올리고 까닥까닥 리듬을 탔다.

"후우……."

치미는 긴장을 털어내듯 박건호가 길게 날숨을 내쉬었다.

그러자 오스틴 번이 걱정할 것 없다며 씩 웃어 보였다.

'건! 걱정하지 마. 적어도 3회까지는 얻어맞지 않도록 해줄 테니까.'

오스틴 번은 초구에 바깥쪽으로 흘러 나가는 슬라이더 사인을 냈다. 일단 카를로 곤잘레스가 칠 만한 공을 하나 던져서 반응을 지켜보자는 계산이었다.

'좋아.'

긴장 어린 눈으로 초구 사인을 지켜본 박건호가 가볍게 고개를 끄덕였다. 스트라이크존에 걸치는 공이 아니라 완전히 빠져나가는 유인구라면 얼마든지 던져 줄 수 있었다.

"후우……."

다시금 길게 숨을 내쉰 뒤 박건호가 오스틴 번의 미트를 향해 힘껏 공을 내던졌다.

후앗!

새하얀 공이 타자의 몸 쪽에서 한복판을 지나 바깥쪽으로 빠져나갔다.

그 순간.

따악!

가볍게 돌아 나온 카를로 곤잘레스의 방망이가 그대로 공을 집어삼켜 버렸다.

임팩트 순간 제대로 힘이 실린 듯 방망이 끝에 걸린 타구가 쭉쭉 뻗어 나갔다. 카를로 곤잘레스도 방망이를 든 채로 슬금슬금 1루 쪽으로 걸음을 움직였다.

그러나 마지막 순간에 타구는 폴대 바깥으로 휘어져 나가 버렸다.

"조금 늦었군."

카를로 곤잘레스가 쓴웃음을 지으며 박건호를 바라봤다. 아쉽게 파울이 되긴 했지만 이 정도 타구면 박건호의 기세도 한풀 꺾였을 거라 여겼다.

하지만 정작 박건호는 대수롭지 않게 로진백을 주물럭거렸다.

'뭘 그렇게 쪼개? 파울 홈런은 홈런이 아니라 파울이라고, 이 멍청아.'

박건호는 홈런처럼 뻗어 나갔던 타구를 머릿속에서 지워 버렸다. 대신 전광판에 들어온 노란색 램프를 주목했다.

원 스트라이크다.

그것도 카를로 곤잘레스가 가장 강한 바깥쪽에 공을 던져 볼카운트를 챙겼다.

관중들의 눈에는 카를로 곤잘레스가 기세 좋게 앞서간다고 느껴질지 모르겠지만 실상은 달랐다.

원 스트라이크를 챙긴 박건호와 오스틴 번은 공 하나의 여유를 갖게 됐다.

반면 카를로 곤잘레스는 맘껏 방망이를 휘두를 수 있는 기회를 하나 놓치고 말았다.

그 차이가 2구째 승부를 갈랐다.

퍼엉!

박건호가 힘껏 내던진 공이 그대로 뻗어 나가 카를로 곤잘레스의 가슴 앞쪽을 스쳐 지났다.

흠잡을 데 하나 없는 하이 패스트볼.

"스트라이크!"

구심이 기다렸다는 듯 오른팔을 들어 올렸다.

"젠장할!"

카를로 곤잘레스가 질근 입술을 깨물었다. 설마하니 이 타이밍에서 몸 쪽 승부를 걸어올 것이라고는 전혀 예상하지 못한 모양이었다.

다저스 중계석에서도 절로 감탄이 터져 나왔다.

―와우, 건! 과감한 공으로 두 번째 스트라이크를 잡아냅니다.

―정말 좋은 공이었습니다. 카를로 곤잘레스를 이겨내려면 바로 저 코스에 공을 던질 줄 알아야 한다고 어제도 이야기했는데요. 그걸 건이 해낼 줄은 몰랐습니다.

―카를로 곤잘레스가 그나마 약한 모습을 보이는 게 바로 저 몸 쪽 코스죠?

―네, 오픈 스탠스 상태에서 레그 킥 자세로 전환하기 때문에 상대적으로 몸 쪽에 약점을 보일 수밖에 없습니다. 물론 밋밋하게 들어오는 공은 제아무리 몸 쪽이라 해도 어림없죠. 하지만 이번 공은 96mile/h(≒154.5㎞/h)가 찍혔습니다. 오늘 경기에서 가장 빠른 공을 던진 거죠.

박건호의 1회 초 호투를 일회성으로 치부하던 매리 헤어스톤이 신이 나서 떠들어 댔다.

박건호의 선발 가능성은 냉정하게 보더라도 카를로 곤잘레스의 몸 쪽을 꿰뚫은 시원시원한 투구만큼은 칭찬하지 않을 수가 없었던 것이다.

　그런 매리 헤어스톤의 목소리를 듣기라도 한 것일까.

　퍼엉!

　박건호가 3구째도 몸 쪽 높은 공을 던져 카를로 곤잘레스를 헛스윙 삼진으로 돌려세웠다.

　"젠장! 뭘 던진 거야?"

　시원하게 헛방망이질을 한 카를로 곤잘레스가 오스틴 번을 노려봤다.

　분명 포심 패스트볼이었던 공이 마지막 순간에 방망이 밑쪽으로 사라져 버렸다. 전략 분석 팀에게 전해 들은 박건호의 데이터 속에는 존재하지 않던 공이 들어온 것이다.

　하지만 오스틴 번이 공의 정체를 알려줄 의무는 전혀 없었다.

　"카를로스, 빨리 자리를 비켜 달라고. 스토어가 기다리잖아."

　오스틴 번이 짓궂게 말했다.

　"크으!"

　카를로 곤잘레스가 와락 얼굴을 구기며 더그아웃 쪽으로 몸을 돌렸다. 그를 대신해 5번 타자 트레버 스토어가 타석에 들어왔다.

"저게 에이제이가 말한 그 싱커로군."

트레버 스토어가 별거 아니라는 투로 말했다.

100mile/h($\fallingdotseq$160.9km/h)을 넘나들 정도로 빠르거나 포수가 잡기 어려울 정도로 무브먼트가 좋은 공이라면 몰라도 단순히 오프 스피드 볼이라면 어렵잖게 대처할 수 있을 거라 여겼다.

그러나 꼼꼼한 오스틴 번이 트레버 스토어가 지켜보는 줄 뻔히 알면서 포심 패스트볼과 포심 체인지업을 연달아 보여 준 이유는 따로 있었다.

'포심 체인지업을 던져 주길 바라나 본데, 어디 열심히 기다려 보라고.'

오스틴 번은 굳이 트레버 스토어와 어렵게 승부할 생각이 없었다.

지난 시즌 27개의 홈런을 때려내긴 했지만 트레버 스토어는 아직까지 눈에 보이는 대로 방망이를 휘둘러 대는 성향에서 벗어나지 못하고 있었다.

이토록 훌륭한 약점을 가지고 있는데 그걸 노리지 않는다는 건 포수로서 직무유기나 다름없었다.

'일단 하나 빼자고.'

오스틴 번이 초구에 바깥쪽으로 파고드는 백도어성 커브를 요구했다. 좌타자를 상대로 던지는, 바깥쪽으로 도망치는 슬라이더만큼이나 박건호가 잘 던지는 유인구 중 하나였다.

사인을 받은 박건호도 냉큼 고개를 끄덕였다. 그러고는 잠시 뜸을 들인 뒤 바깥쪽으로 빠져 앉은 오스틴 번의 미트를 향해 힘껏 공을 내던졌다.

후앗!

손끝을 빠져나간 공이 큰 포물선을 그리며 홈 플레이트 바깥쪽으로 빠져나갔다. 어지간한 타자들은 볼이 되길 바라며 그저 지켜만 보는 공이었다. 뒤늦게 방망이를 내돌려 봐야 좋은 타구를 기대하기 어려운 코스이기도 했다.

그런데 그 공을 트레버 스토어가 무리해서 잡아당겨 버렸다.

따악!

방망이 끝에 걸린 타구가 홈 플레이트 앞쪽에서 바운드되어 크게 튀어 올랐다. 그러자 유격수 코일 시거가 기다렸다는 듯이 앞으로 달려 나왔다.

"건! 내가 잡을게!"

자신도 모르게 타구 쪽으로 몸을 움직였던 박건호가 냉큼 제자리에 주저앉았다. 그사이 팔을 쭉 뻗어 떨어지는 타구를 낚아챈 코일 시거가 역동작으로 1루를 향해 공을 던졌다.

펑!

송구가 다소 옆쪽으로 빠지긴 했지만 1루수 에이든 곤잘레스의 수비 범위를 벗어나진 않았다.

"아웃!"

눈을 크게 뜨고 상황을 지켜보던 1루심이 오른팔을 들어 올렸다.

"젠자아앙!"

간발의 차이로 아웃된 트레버 스토어가 그 자리에서 악을 내질렀다.

그렇게 전광판에 두 번째 붉은색 램프가 들어왔다. 그리고 6번 타자 마이크 레이놀스가 박건호의 초구를 건드려 유격수 앞 땅볼로 물러나면서 순식간에 세 번째 아웃 카운트가 만들어졌다.

"건! 잘했어!"

"나이스 피칭! 그렇게만 던지라고!"

결코 쉽지 않을 거라 여겼던 로키스의 중심 타선을 박건호가 삼자범퇴로 돌려세우자 다저스 더그아웃의 표정이 달라졌다.

솔직히 박건호가 선발로 내정됐을 때만 해도 4연패를 걱정하는 목소리가 많았다.

한인의 날도 좋지만 신인 불펜 투수를 갑자기 선발로 돌려 버린 파렐 자이디 단장의 결정을 이해할 수 없다는 분위기가 대부분이었다.

그런데 박건호가 1회에 이어 2회까지 깔끔하게 막아내자 선수들도 이길 수 있다는 희망을 갖기 시작했다.

"건, 어깨는 어때?"

방망이를 집어 들며 4번 타자 에이든 곤잘레스가 말을 걸었다.

"어깨요? 아직 쌩쌩해요."

"5회까지 버틸 수 있지?"

"음……. 곤잘레스가 한 방 때려준다면요?"

"하하. 그렇다면 내가 가만있을 수 없지."

새파란 루키의 도발 아닌 도발에 에이든 곤잘레스가 크게 웃음을 터뜨렸다. 그러고는 로키스의 선발 호르헤 데 로사의 초구를 잡아당겨 우익선상에 떨어지는 선제 2루타를 때려냈다.

"아우, 깜짝이야."

오스틴 번이 건네준 이온 음료를 입에 가져다 대려는 순간 터져 나온 안타에 박건호는 하마터면 사래가 들릴 뻔했다. 그저 농담 삼아 해본 말인데 에이든 곤잘레스가 정말로 2루타를 때려 버릴 줄은 몰랐다.

하지만 덕분에 다저스가 3연패를 끊을 절호의 기회를 맞이했다.

"좋아. 좋아. 작이라면 분명 하나 때려내 줄 거야."

옆 자리에 앉은 오스틴 번이 기대 어린 얼굴로 중얼거렸다.

덩달아 박건호의 얼굴에도 기대감이 번졌다. 시즌 초반 주춤했다가 최근 들어 다시 되살아나고 있는 작 피터슨이라면 이 기회를 살려줄 가능성이 높아 보였다.

그때였다.

퍼엉!

호르헤 데 로사가 내던진 초구가 바깥쪽으로 크게 벗어났다. 내색하진 않았지만 무사 2루의 실점 위기에 부담을 느낀 것이다.

"그렇지!"

"작! 지금이야! 한 방 날리라고!"

자연스럽게 다저스 스타디움도 뜨겁게 달아올랐다.

이번 시리즈가 시작되기 전까지만 해도 박건호의 선발 맞상대는 5선발인 조단 그레이였다.

91년생 우완 투수로 포심 패스트볼 최고 구속이 100mile/h(≒160.9km/h)까지 나온다고 알려진 유망주였다.

지난 시즌 풀타임을 치르면서 기량이 한층 성숙해졌다고는 하지만 로키스의 선발진 중 박건호가 가장 해볼 만한 상대였다.

그런데 어제 경기에서 로키스가 승리하자 월트 와이트 감독이 선발 투수를 번복했다. 에이스인 호르헤 데 로사와 조단 그레이의 선발 순서를 맞바꿔 버린 것이다.

콜로라도 언론은 월트 와이트 감독이 실리를 위해 영악한 결정을 내렸다고 평가했다. 다저스의 내일 선발이 슬레이튼 커쇼로 내정된 상황에서 굳이 에이스 카드를 낭비할 필요는 없다는 이야기였다.

비록 똑같이 에이스라 불리지만 냉정하게 봤을 때 호르헤 데 로사와 슬레이튼 커쇼는 무게감 자체가 달랐다.

현역 최강이라 불리는 슬레이튼 커쇼는 기복이 없는 투수였다.

반면 호르헤 데 로사는 에이스의 필수 덕목이라는 안정감과는 다소 거리가 있었다.

게다가 다저스 원정 경기였다. 다저스 스타디움에서 최근 페이스가 좋은 슬레이튼 커쇼를 상대로 맞대결을 펼쳐 승리를 장담할 수 있는 투수는 메이저 리그를 통틀어 한 손에 꼽힐 정도인데 그중에 호르헤 데 로사는 포함되지 않았다.

LA로 넘어오기 전 월트 와이트 감독은 다저스를 상대로 위닝 시리즈를 거두는 게 목표라고 말했다.

당시 로키스는 내셔널 리그 서부 지구 3위.

2위인 다저스와는 3경기밖에 차이가 나지 않았다. 계획대로 위닝 시리즈를 거둔다면 로키스와 다저스의 승차는 2경기 차이까지 좁힐 수 있었다.

물론 LA에서 다저스를 상대로 위닝 시리즈를 거둔다는 게 말처럼 쉬운 일은 아니었다.

홈 팀의 어드밴티지도 문제지만 시리즈 3차전에 슬레이튼 커쇼가 등판하는 걸 감안하면 1, 2차전을 모두 쓸어 담아야 하는 상황이었다.

만에 하나 시리즈 1차전에서 패배하기라도 한다면 위닝 시리즈는커녕 루징 시리즈를 걱정해야 하는 처지로 내몰릴지 몰랐다.

그런데 어제 경기를 잡아내면서 로키스는 위닝 시리즈로 가는 유리한 길목을 선점했다.

설사 슬레이튼 커쇼가 버티는 시리즈 3차전에서 패배하더라도 LA 원정에서 다저스를 잡아낼 수 있는 시나리오가 나온 것이다.

그리고 그 시나리오를 더욱 완벽하게 만들기 위해 월트 와이트 감독이 꺼내 든 승부수가 바로 호르헤 데 로사의 조기 등판이었다.

다이아몬드 백스와의 홈 시리즈 1차전에 선발로 나선(3.1이닝 4실점 투구 수 57)한 이후 사흘 만의 등판이긴 했지만 다음 애리조나 원정 전날에 하루의 이동일 겸 휴식일이 잡힌 만큼 큰 문제는 없을 것이라고 여겼다.

LA 언론은 월트 와이트 감독의 체크메이트에 걸렸다고 인정하면서도 다저스가 무조건 불리한 것만은 아니라고 말했다.

만에 하나 한인들의 응원에 힘을 받은 박건호가 예상 밖 호투를 펼치면서 로키스를 압박하고, 들쑥날쑥한 피칭으로 유명한 호르헤 데 로사가 체력적인 문제 등으로 제구가 흔들린다면 다저스가 연패를 끊을 기회가 보다 빨리 찾아올지 모른다고 전망했다.

물론 그 가능성은 5퍼센트 정도.

호르헤 데 로사의 제구가 흔들릴 가능성은 40퍼센트 이상이었지만 박건호가 로키스 타선을 상대로 호투할 가능성이 현실적으로 0에 가까웠다.

그런데 그 희박한 예상이 점점 현실이 되어가고 있었다.

퍼엉!

초구에 이어 2구 포심 패스트볼까지 바깥쪽으로 빠져나가자 작 피터슨은 욕심을 버렸다.

'건이 잘 던지긴 하지만 선발로는 첫 경기니까. 이번 공격에서 못해도 3점은 뽑아야 해.'

작 피터슨은 3구째 커브를 걸러낸 뒤 4구째 한복판에 들어오는 포심 패스트볼까지 흘려보냈다. 그리고 5구째 몸 쪽으로 떨어지는 스플리터를 참아내며 기어코 1루로 걸어 나갔다.

"후우……."

숨을 죽인 채 그 모습을 지켜보던 박건호가 길게 숨을 내

뺄었다. 그러자 오스틴 번을 대신해 옆자리를 차지한 코일 시거가 걱정할 거 없다며 손바닥으로 박건호의 무릎 위를 두드렸다.

"이제부터가 쇼타임이야. 잘 보라고. 호르헤가 무너지는 모습을 말이야."

호르헤 데 로사의 지난 시즌 평균 자책점은 5.51(8승 9패). WHIP는 1.64를 기록했다.

로키스 이적 이후 최악의 시즌을 보내며 올해 반등을 다짐했지만 애석하게도 이번 시즌 기록 역시 크게 나아질 기미가 보이지 않았다.

무엇보다 전문가들이 지난 시즌의 가장 큰 문제점으로 지적하던 위기관리 능력은 거의 막장으로 치닫고 있었다.

잘 던지다가도 루상에 주자만 나가면 제구가 엉망이 되는 현상은 더욱 심해졌다. 로키스 언론에서조차 호르헤 데 로사를 더 이상 에이스로 불러야 하는지를 두고 갑론을박이 벌어질 정도였다.

코일 시거는 조시 메딕이 방망이를 들고만 있어도 알아서 만루가 채워지게 될 것이라고 예언했다.

실제로 호르헤 데 로사는 초구와 2구를 전혀 엉뚱한 곳으로 던지며 코일 시거의 예언을 이뤄주려 안간힘을 썼다.

그런데 3구째, 거의 한복판으로 들어오는 스플리터를 조시 메딕이 잡아당기면서 상황이 달라졌다.

따악!

방망이 중심에 걸린 타구가 1, 2루 간을 꿰뚫듯 뻗어 나갔지만 2루수 에이제이 르메휴가 몸을 날려 막아내 버린 것이다.

"트레버!"

자세를 바로 잡기가 무섭게 에이제리 르메휴가 2루로 공을 던졌다. 1루 주자 작 피터슨이 크게 슬라이딩을 하며 수비를 방해하려 했지만 소용없었다.

유격수 트레버 스토어가 그보다 한 발 먼저 1루를 향해 팔을 휘둘렀다.

펑!

트레버 스토어의 손을 떠난 공이 정확하게 1루수 마이크 레이놀스의 글러브 속으로 빨려 들어가면서 두 번째 아웃 카운트가 만들어졌다.

그사이 2루 주자 에이든 곤잘레스가 3루까지 진루하긴 했지만 빅 이닝을 기대했던 다저스 스티다움의 분위기는 찬물을 끼얹은 것처럼 조용해졌다.

그리고 이번 시즌 1할 대의 빈공에 시달리는 오스틴 번이 타석에 들어섰다.

"타자를 바꿔야 하지 않을까요?"

밥 그린 벤치 코치가 데빈 로버츠 감독을 바라봤다. 투 아웃이긴 했지만 주자 3루였다. 오스틴 번을 대신해 주전 포수인 야스마니 그린을 내보낸다면 호르헤 데 로사도 쉽게 공을 던지지 못할 것 같았다.

하지만 데빈 로버츠 감독은 고개를 저었다.

현재 박건호는 오스틴 번과 좋은 호흡을 보여주며 기대 이상의 호투를 보여주고 있었다. 이 상황에서 오스틴 번을 뺀다는 건 박건호를 흔들자는 소리나 다름없었다.

"그것보다 가서 건에게 방망이 쥐는 법이나 좀 알려주라고. 실제로 타석에 들어서는 건 처음일 테니까 말이야."

"네? 하지만……."

"저기 보라고. 다음번에 대기 타석에 들어가야 하는데 전혀 모르고 있잖아."

데빈 로버츠 감독이 박건호를 바라보며 웃음을 흘렸다. 매번 불펜으로만 나선 탓인지 박건호는 선발 투수에게 최소 한 번 이상의 타격 기회가 주어진다는 사실을 전혀 인지하지 못하고 있었다.

"아, 네. 알겠습니다."

밥 그린 코치가 마지못해 박건호에게 다가갔다. 그리고 차례가 왔으니 다음 타석을 준비하라고 말했다.

"에이, 코치. 이번 이닝은 안 그래도 될 거 같은데요."

옆에 앉아 있던 코일 시거가 장난스럽게 말했다. 야스마니 그린이라면 또 모르겠지만 오스틴 번이 이 상황에서 타석을 이어줄 가능성은 낮다고 판단한 것이다.

"감독의 지시야. 그러니까 시늉이라도 해."

밥 그린 코치도 오스틴 번이 안타를 칠 거라고는 생각하지 않았다. 그저 흔들리는 호르헤 데 로사를 상대로 사사구라도 얻어내면 다행이라고 여겼다.

그런데.

따악!

갑작스럽게 묵직한 방망이 소리가 경기장에 울려 퍼졌다. 뒤이어 외야수들이 어딘가로 부지런히 내달리기 시작했다.

"오스틴!"

"뛰어! 뛰라고!"

오스틴 번의 타구가 좌익수와 중견수 사이를 가르자 다저스 선수가 전부 벤치 난간으로 달려 나와 소리쳤다.

"크아아아!"

모처럼의 장타에 오스틴 번도 1루를 지나 단숨에 2루까지 내달렸다. 그러다 3루 코치 크리스 우드의 신호를 확인하고는 곧장 3루로 몸을 틀었다.

"3루! 3루로!"

"바로 던져! 빨리!"

펜스 근처까지 굴러갔던 타구가 중견수 찰리 브랙몬을 통해 유격수 트레버 스토어에게 전해졌다.

하지만 거기까지였다. 헛구역질이 날 만큼 전력질주를 한 오스틴 번은 이미 3루 베이스를 끌어안은 채 숨을 헐떡거리고 있었다.

그사이 3루 주자 에이든 곤잘레스가 여유롭게 홈을 밟으며 득점.

2회가 끝나기도 전에 다저스가 1 대 0으로 앞서 나가기 시작했다.

2사 주자 3루 상황이 이어지자 데빈 로버츠 감독은 야르엘 푸이그를 대타로 내보냈다.

지난 시즌 막판부터 추진되어 온 트레이드가 번번이 무산되며 다저스의 잉여 자원으로 남긴 했지만 그래도 여전히 한 방 능력을 갖춘 까다로운 타자였다.

"호르헤!"

로키스 더그아웃에서는 기다렸다는 듯이 거르라고 지시했다. 다음 타석이 박건호의 차례인 만큼 굳이 야르엘 푸이그에게 승부를 걸 필요가 없다고 판단했다.

"젠장할. 이러려고 대타로 나온 거 아니라니까."

고의사구나 다름없는 4개의 볼을 지켜본 뒤 야르엘 푸이그 비어 있던 1루를 채웠다.

그리고 대기 타석에 있던 박건호가 주섬주섬 타석 쪽으로 다가섰다.

2

"후우……. 젠장할!"

마운드 위에 서 있던 호르헤 데 로사가 신경질적으로 로진백을 내던졌다.

사흘 만의 등판이긴 했지만 1회까진 분위기가 좋았다. 까다로운 선두 타자 앤드 토레스를 2루수 땅볼로 유도한 뒤 2번 타자 저스트 터너를 삼진으로 돌려 세웠다. 3번 타자 코일 시거도 커터를 던져 1루수 앞 땅볼로 잡아냈다.

삼진 하나에 땅볼 두 개. 투구 수는 단 10개.

로키스 중계진이 올 시즌 가장 좋은 1회 피칭을 보여주었다고 극찬을 쏟아낼 정도였다.

그런데 잠깐 사이에 분위기가 확 달라졌다.

에이든 곤잘레스에게 실투를 얻어맞고 작 피터슨을 사사구로 내보내면서 경기가 꼬였다. 조시 메딕의 잘 맞은 타구를 에이제이 르메휴가 걷어내면서 실점 위기를 벗어나긴 했지만 호르헤 데 로사는 좀처럼 진정을 하지 못했다.

그리고 이닝을 빨리 끝내기 위해 서두르다가 오스틴 번에게 적시 3루타를 허용하고 말았다.

"이게 아닌데."

호르헤 데 로사가 길게 한숨을 내쉬었다. 애당초 그가 사흘 휴식 후 등판을 받아들인 건 앞서 부진했던 다이아몬드 백스 전을 만회하기 위해서가 결코 아니었다.

오로지 로키스의 위닝 시리즈를 위해서였다. 에이스로서 팀에 보탬이 되고 싶은 마음에 슬레이튼 커쇼로부터 도망쳤다는 오명을 감내하면서까지 마운드에 올라온 것이었다.

그런데 정작 경기는 예상과는 전혀 다르게 흘러가고 있었다.

2회는커녕 1회도 제대로 버틸지 모르겠다던 박건호는 2이닝 동안 안타 하나 내주지 않고 퍼펙트 피칭을 이어가고 있었다.

반면 호르헤 데 로사는 장타 두 개와 사사구 두 개를 내주며 1실점을 한 상태였다. 그것으로도 모자라 2사 주자 1, 3루 위기 상황에 몰려 있었다.

"이게 다 저 자식 때문이야."

호르헤 데 로사가 타석에 들어선 박건호를 매섭게 노려봤다. 그러자 움찔 놀란 박건호가 타석의 위치를 확인했다.

호르헤 데 로사를 자극하지 않기 위해 일부러 타석의 한가운데에 섰는데 다시 보니 조금 홈 플레이트 쪽으로 붙어 선 듯한 느낌마저 들었다.

"아까 보니까 제구가 엉망이던데 조심해야지."

박건호가 조금 더 뒤 쪽으로 물러섰다.

2사 주자 1, 3루.

안타 하나면 한 점을 더 뽑아낼 수 있는 절호의 기회였지만 박건호는 무리해서 방망이를 휘두를 생각이 없었다.

밥 그린 벤치 코치도 한복판에 들어오는 포심 패스트볼 이외에는 절대 건드리지 말라고 주문했다.

괜히 변화구를 때려보겠다고 방망이를 어설프게 휘두르다 부상을 당할 수도 있으니 평소 스윙대로 포심 패스트볼, 하나만 노리라는 이야기였다.

"건, 삼진을 당해도 괜찮아. 어차피 타격 경험이 부족한 투수는 대부분 삼진을 당한다고. 그러니까 괜히 욕심 부리지 마. 넌 타자가 아니라 투수야. 그 점을 명심해."

코일 시거도 박건호의 머리에 직접 헬멧을 씌워주며 신신당부를 했다.

1 대 0으로 앞서가는 상황에서 추가점만큼이나 중요한 건 다음 이닝을 잘 막아내는 것이었다.

박건호가 3회는 물론이고 4회, 최대 5회까지만 버텨준다면 다저스는 조금 더 여유롭게 불펜 투수를 가동할 수 있었다.

가능성이 희박한 타격에 매진했다가 마운드에서 흔들리는 것보다 타격을 포기하고 투수로서 제몫을 다해주는 게 다저스의 연패 탈출에 더 큰 도움이 될 수 있었다.

"한복판, 한복판만 노리자."

길게 숨을 고르며 박건호가 조심스럽게 방망이를 들어 올렸다. 순간 다저스 스타디움 곳곳에서 폭소가 터져 나왔다.

"뭐야? 건 타격 자세가 왜 저래?"

"대체 누구를 따라하고 있는 거야? 저게 강남 스타일인가?"

"강남 스타일은 노래 제목이고 멍청아! 한국 스타일이지!"

"무슨 소리야? 지난번에 파이어리츠 강의 타격을 봤는데 저런 엉성한 폼은 아니었다고!"

세명 고등학교에 입학한 이후로 타격과 담을 쌓았다곤 하지만 박건호의 타격 자세는 다양한 개성이 인정받는 메이저 리그에서도 봐 주기 어려울 정도였다.

그렇다고 몇몇 타자처럼 괴상망측한 건 아니었다. 오히려 기본에 가까웠다.

적당히 다리를 벌리고 무릎을 굽히고 방망이를 세워 들고.

자세를 하나하나 뜯어보면 크게 잘못된 건 없었다. 문제는 전체적인 느낌이었다. 꼭 뻣뻣한 마네킹에 방망이를 쥐어준 것 같으니 다저스 팬들이 웃음을 참지 못하는 것도 무리는 아니었다.

심지어 박건호를 향해 전의를 불태우던 호르헤 데 로사조차 헛웃음을 흘리고 말았다.

"저런 녀석하고는 싸워봤자잖아."

호르헤 데 로사가 여유롭게 스트라이크존에 공을 집어넣었다.

초구는 바깥쪽에 꽉 찬 커터.

2구는 큰 각을 그리며 떨어진 몸 쪽 커브.

후앗!

초구와 2구를 멍하니 지켜보며 투 스트라이크에 몰린 박건호는 3구가 한복판으로 들어오자 냅다 방망이를 휘둘렀다.

그러나 포심 패스트볼처럼 날아들던 공은 마지막 순간에 뚝 하고 가라앉아 버렸다.

'스플리터.'

시원하게 헛방망이질을 한 박건호의 얼굴이 와락 일그러졌다.

그렇게 다저스의 아쉬운 2회 말 공격이 끝이 났다.

"괜찮아, 건. 잘했어."

"그래그래, 그 폼으로 방망이를 휘두른 게 용하다고."

입술을 삐죽거리며 들어온 박건호를 다저스 선수들이 웃으며 반겼다. 애당초 기대 자체가 없었으니 실망하는 선수들도 없었다. 오히려 박건호 덕분에 재미난 구경거리를 보게 됐다며 다들 즐거워했다.

물론 모처럼 적시타를 때려낸 오스틴 번은 예외였다.

"너, 타격 자세가 그게 뭐야?"

"뭐 인마! 내 타격 자세가 어때서!"

"내가 어제 뭐랬어? 타석에 서야 할지도 모르니까 거울보고 한 번 연습해 보라고 했지?"

"거울 보고 연습했거든?"

"허, 그런데 그따위 타격 자세가 나왔다고?"

"거참. 3루타 한 번 쳤다고 되게 생색이네."

오스틴 번의 잔소리를 피해 박건호가 도망치듯 마운드에 올랐다.

3회 초 로키스의 공격은 7번 타자 헤럴드 파라로부터 시작됐다.

다부진 체격에 통산 타율이 2할 7푼이 넘을 정도로 타석에서도 정교한 편이지만 다행히 좌투수에 약한 편이었다.

작년에 잠깐 나아지는 모습을 보이나 싶었지만 올 시즌도 우투수를 상대할 때보다 좌투수를 상대할 때의 타율이 7푼 가량 차이가 나고 있었다.

덕분에 오스틴 번도 한결 여유롭게 박건호를 리드했다.

초구에 몸 쪽 높은 포심 패스트볼로 스트라이크를 잡은 뒤 2구째 바깥쪽으로 도망치는 슬라이더로 파울 타구를 이끌어 냈다.

3구째는 2구째보다 더 빠져나가는 바깥쪽 슬라이더를 던져 헤럴드 파라의 시선을 잡아 끈 뒤 4구째 몸 쪽으로 붙는 포심 체인지업을 요구했다.

후앗!

박건호가 힘껏 내던진 공이 헤럴드 파라가 가장 좋아하는, 몸 쪽 허리 높이로 날아들었다. 그러자 헤럴드 파라가 기다렸다는 듯이 방망이를 내돌렸다.

하지만.

딱!

마지막 순간에 살짝 가라앉은 공은 헤럴드 파라의 방망이 밑동에 걸려 1, 2루 간으로 흘렀다.

"내가 잡을게!"

대수비로 들어온 2루수 크리스티 테일러가 발 빠르게 움직여 공을 낚아챈 뒤 1루수 에이든 곤잘레스에게 송구했다.

펑!

"아웃!"

단단한 포구 소리와 1루심의 아웃 콜이 거의 동시에 울려 퍼졌다.

"좋아! 좋아!"

여차하면 1, 2루 간을 빠져나갈 뻔했던 타구가 평범한 땅볼로 둔갑하자 박건호도 포심 체인지업에 대한 자신이 생겼다.

아직 완벽하게 손에 익었다고 말하긴 어렵지만 적어도 모렐 허샤이저와 연습했던 싱커보다는 던지기가 편했다.

"오스틴의 말처럼 여기다 체인지업까지 추가되면 더 좋아지겠는데?"

경기 전 오스틴 번은 체인지업을 포기해서는 안 된다고 말했다. 포심 체인지업이 포심 패스트볼과 체인지업의 중간 단계에 들어간 만큼 오히려 체인지업도 자주 구사할 필요가 있다고 조언했다.

"일단 아직까지는 타자들이 포심 체인지업에 타이밍을 맞추지 못하고 있으니까."

박건호가 길게 숨을 골랐다. 그리고 한결 여유로워진 마음으로 남은 아웃 카운트를 사냥했다.

타석에서 인내력이 부족하기로 유명한 8번 타자 믹 헌들리에게는 굳이 많은 공을 던지지 않았다. 초구에 바깥쪽 포심 패스트볼을 던진 뒤 2구째 몸 쪽으로 붙는 슬라이더를 던져 유격수 앞 땅볼로 돌려세웠다.

9번 타순에 들어온 투수 호르헤 데 로사에게는 똑같이 삼진으로 앙갚음해 주었다.

초구 바깥쪽 커브로 파울을 유도한 뒤 2구와 3구, 연속해서 빠른 포심 패스트볼을 던져 호르헤 데 로사를 찍어 눌렀다.

─건! 호르헤 데 로사를 삼진으로 잡아내며 3이닝 연속 삼

자범퇴로 이닝을 마칩니다.

　-정말 대단한 호투인데요. 건은 아직 선발 자격이 없다고 했던 말, 취소해야 할 것 같은 기분이 들고 있습니다.

　-하하. 저 역시 건이 이 정도로 잘 던져 줄 것이라고는 생각도 못 했으니까요.

　-그나저나 데빈 로버츠 감독의 머릿속이 복잡해질 것 같네요.

　-오늘 경기 전 인터뷰에서 건이 최소 3이닝 이상 버텨주길 기대한다고 했었죠?

　-네, 그 말은 바꿔 말하자면 건에게 3이닝을 맡기겠다는 이야기였죠. 그런데 건이 3회까지 너무 잘 달려왔어요.

　-3회까지 삼진을 4개나 잡았는데 투구 수가 고작 22구뿐이에요.

　-건이 불펜에서 가장 오래 던진 게 2이닝이었고 가장 많이 던진 투구 수가 31구였죠.

　-지금 상황에서 건을 내리는 건 좀 아쉬울 것 같은데요?

　-결정은 데빈 로버츠 감독의 몫이지만…… 저 역시 건을 조금 더 끌고 가는 게 좋을 것 같습니다.

　다저스 중계진은 박건호가 4회에도 마운드에 오르길 희망했다. 로키스의 에이스 호르헤 데 로사를 상대로 씩씩하게 공을 던지는 젊은 투수를 3이닝 만에 마운드에서 끌어내리는 건 손해라고 말했다.

데빈 로버츠 감독도 잘 던지는 박건호를 아무 이유 없이 교체하고 싶지 않았다.

"불펜에 전화해."

"건을 교체하는 겁니까?"

"아니, 건에게 4회를 맡길 거야."

데빈 로버츠 감독이 단호하게 말했다. 그러자 밥 그린 벤치 코치가 당혹스러운 표정을 지었다.

"야디에르 알베스가 몸을 다 풀었을 텐데요?"

"이봐, 밥. 윗선 눈치 보지 말고 지금 상황에서 누가 더 마운드에 필요한지 말 해보라고."

"그, 그야……."

"정말 건을 내리는 게 맞아? 이렇게 잘 던지는 투수를, 아직 한계 투구 수에 도달하지도 않았는데 3회 만에 강판시키는 게 정말 맞는 거야?"

"감독님, 하지만……."

"밥, 나도 사장과 단장이 야디에르 알베스를 싸고도는 거 모르지 않아. 건보다 야디에르 알베스에게 더 많은 기회를 줘야 하는 그들의 사정도 잘 알고 있다고. 하지만 결국 경기는 선수들이 하는 거야. 사장과 단장의 체면을 위해 다저스를 망칠 수는 없다고."

데빈 로버츠 감독이 감독으로서 살아남는 길은 하나였다.

바로 성적을 내는 것.

2015년에 이어 지난해에도 데빈 로버츠 감독은 다저스를 내셔널 리그 서부 지구 정상으로 이끌었다. 그리고 내셔널 리그 감독상까지 수상했다.

40대의 젊은 감독으로서 말 많고 탈 많은 다저스를 두 시즌 동안이나 순탄하게 끌고 갔다는 건 인정받아 마땅한 결과였다.

하지만 정작 LA 언론은 다저스의 지구 우승은 당연한 수순일 뿐이라고 잘라 말했다. 오히려 이 정도 전력으로도 포스트시즌에서 죽을 쑤고 있다며 데빈 로버츠 감독의 능력을 깎아내리기 바빴다.

다저스에서 세 번째 시즌을 맞이한 데빈 로버츠 감독은 올 시즌 월드 시리즈 진출을 목표로 삼고 있었다.

2015년도에 디비전 시리즈, 작년에 챔피언십 시리즈에 올라갔으니 팬들의 기대치도 높아졌을 터. 월드 시리즈 진출에 실패하면 다저스 감독 자리를 유지하는 것도 어려울 거라고 생각하고 있었다.

전반기가 한 달여 앞으로 다가왔지만 다저스는 여전히 내셔널 리그 서부 지구 2위에 머무르고 있었다.

지구 선두 자이언츠와는 4경기 차. 와일드카드 순위도 내셔 널스와 카디널스에 밀려 3위를 달리고 있었다.

LA 언론과 전문가들은 아직 순위 경쟁이 끝난 건 아니라고 전망했다. 전반기에 최대한 경기 차이를 좁힌 뒤 지난해처럼 후반기에 바짝 페이스를 끌어올리면 충분히 지구 우승을 탈환할 수 있다고 멋대로 떠들어 댔다.

하지만 데빈 로버츠 감독은 이대로는 지구 우승이 쉽지 않을 거라 여겼다.

에이스인 슬레이튼 커쇼가 건재하고 마에다 케이타가 꾸준한 활약을 펼쳐 주고 있지만 좀처럼 자이언츠를 따라잡지 못하고 있었다.

여기서 또 다른 상승 동력이 나와 주지 않는다면 지구 우승은커녕 와일드카드 확보조차 어려울지 몰랐다.

그런 점에서 데빈 로버츠 감독은 박건호에게 기대를 걸어 보고 싶었다.

위에서는 고작 135만 달러짜리 투수일 뿐이라며 다저스의 마운드를 지탱해 줄 만한 재목은 아니라고 깎아내리기 바쁘지만 데빈 로버츠 감독을 비롯한 현장의 평가는 달랐다.

앤디 프리드먼 사장과 파렐 자이디 단장이 한목소리로 슬레이튼 커쇼의 뒤를 받쳐줄 2선발감이라 주장하는 야디에르 알베스보다 박건호의 성장 가능성이 훨씬 더 크게 느껴졌다.

실제 불펜 투수로서 박건호는 이미 합격점을 받은 상태였다. 일단 빠른 공을 던지는 좌완 투수라는 자체만으로도 경쟁력이 높았다.

　거기다 메이저 리그에서 살아남는 데 도움이 되는 좋은 체격 조건과 빠른 체력 회복 능력도 갖추고 있었다. 아직 경험이 부족하긴 하지만 그건 시간이 지나면 해결이 될 일이었다.

　오히려 포수의 요구대로 공을 던지려 노력한다는 점이 높이 평가됐다. 콜업 초반 박건호를 평가절하하던 코칭스태프들조차 이제는 다들 고개를 끄덕거릴 정도였다.

　밥 그린 벤치 코치도 박건호처럼 재능 있는 선수에게 더 많은 기회를 보장해 줘야 한다는 데빈 로버츠 감독의 의견에는 전적으로 공감했다.

　다만 당초 박건호에게 한 타순 정도 맡기기로 한 이상 여기서 끊어가는 것도 나쁘지 않다고 여겼다.

　"건도 3이닝 정도 던지는 것으로 알고 있습니다. 게다가 이미 타순도 한 바퀴 돌았고요."

　"상관없어."

　"감독님."

　"밥, 여기서 내리면 언론은 또다시 건의 선발 가능성을 테스트하려 들 거야. 하지만 우린 그럴 만한 여유가 없다고."

　데빈 로버츠 감독이 또 다른 이유를 들어 박건호의 교체를 반대했다. 바로 박건호를 완전히 불펜으로 돌릴 결과물이 나오지 않았다는 것이다.

지난 3이닝의 투구만 놓고 봤을 때 박건호의 선발 전환은 일단 성공적이라고 평가할 만했다.

물론 다저스 구단은 한인의 날을 위해 박건호를 임시 선발로 내세운 것에 불과했다.

현장 역시 불펜에서 활약 중인 박건호를 갑작스럽게 선발로 전환하는 건 시기상조라는 의견이 많았다.

하지만 새로운 스타를 갈망하는 LA 언론들은 앞다투어 박건호를 치켜세울 것이다.

그리고 박건호에게 추가적으로 선발의 기회를 주어야 한다며 다저스 구단을 압박할 것이다. 그렇게 되면 결국 골치 아파지는 건 현장의 총책임자인 감독이 될 수밖에 없었다.

그래서 데빈 로버츠 감독은 박건호가 보다 확실한 결과를 내주길 바랐다.

얻어맞든가, 아니면 더 확실히 막아내든가.

결과가 어느 쪽으로 나오더라도 데빈 로버츠 감독에게 나쁠 건 없었다.

물론 가급적이면 그동안 좋은 모습을 보여주었던 불펜에서 힘을 보태주길 원했다.

"밥, 자네 생각은 어때?"

데빈 로버츠 감독이 밥 그린 벤치 코치를 바라봤다.

"아마 4회를 버티긴 어려울 겁니다."

밥 그린 코치가 냉정하게 대답했다.

첫 타순은 운 좋게 잘 막아냈을지 모르겠지만 그 행운이라는 게 두 번째 타순까지 이어질 것 같지 않았다.

3

박건호의 교체를 놓고 고심하는 동안 호르헤 데 로사는 3회 말 다저스의 공격을 힘겹게 틀어막았다.

시작부터 좋지 않았다. 투 스트라이크 원 볼 상황에서 선두 타자 앤드 토레스에게 몸 쪽 커터를 붙여 넣어 유격수 쪽 땅 볼을 만들었는데 유격수 트레버 스토어가 너무 여유를 부리다 내야 안타를 만들어주고 만 것이다.

이후 2번 타자 저스트 터너를 원 스트라이크 쓰리 볼에서 유인구를 던져 좌익수 플라이로 잡아내고, 그 과정에서 무리하게 2루를 넘보던 앤드 토레스까지 아웃시키며 한숨 돌리나 싶었다.

하지만 3번 타자 코일 시거에게 풀카운트 접전 끝에 좌익선상에 떨어지는 안타를 허용하며 또다시 위기를 자초했다.

다저스 벤치의 지시를 받은 코일 시거가 볼 카운트 투 스트라이크 투 볼에서 도루를 시도하다 죽으면서 3회 말 공격이 맥없이 끝나긴 했지만 급격하게 늘어난 호르헤 데 로사의 투구 수는 월트 와이트 감독의 표정을 어둡게 만들었다.

그러자 박건호의 피칭을 유심히 살피던 블랭크 도일 타격 코치가 타자들을 독려하기 시작했다.

"다저스의 루키가 던지고 있는 오프 스피드 볼을 지금 당장 적응하기란 쉽지 않을 거야. 그러니까 히팅 포인트를 평소보다 앞쪽으로 가져가라고. 귀찮으면 아예 타석 끝에 붙어 서든가."

블랭크 도일 타격 코치의 주문에 두 번째 타석에 들어선 찰리 브랙몬이 평소보다 반보 정도 타석 위치를 옮겼다.

오늘 경기에서 보여준 박건호의 포심 패스트볼은 충분히 공략이 가능한 수준이었다. 타석 끝에 붙어 선다고 해서 포심 패스트볼에 밀릴 것 같진 않았다.

'역시. 예상대로 나오시는군.'

찰리 브랙몬의 타석 위치를 확인한 오스틴 번이 씩 웃었다. 그러고는 초구 몸 쪽 높은 포심 패스트볼을 요구했다.

"후우……."

긴 날숨으로 긴장감을 털어내며 박건호가 천천히 고개를

끄덕였다. 그리고 오스틴 번의 미트를 향해 힘껏 공을 내던졌다.

"후앗!"

박건호의 손끝을 빠져나온 공이 곧장 찰리 브랙몬의 얼굴 높이로 날아들었다. 그러자 찰리 브랙몬이 기다렸다는 듯이 방망이를 휘둘렀다.

"따악!"

방망이 중심 부위에 걸린 타구가 높게 치솟았다. 그와 동시에 찰리 브랙몬이 방망이를 내던지고는 여유롭게 1루로 내달리기 시작했다.

"젠장할!"

박건호가 짜증을 내뱉으며 고개를 돌렸다. 맞는 소리로 봐서는 최소 펜스를 직격하는 장타가 나올 것만 같았다.

하지만 중견수 작 피터슨은 설렁설렁 뒷걸음질을 치다가 자리를 잡았다. 생각보다 타구가 뻗어 오지 않은 것이다.

"뭐야? 맞바람이라도 분 거야?"

타구와 작 피터슨을 번갈아 바라보던 찰리 브랙몬이 이해할 수 없다는 표정을 지었다.

분명 공은 방망이 중심부에 맞았다. 살짝 손잡이 쪽에 걸리긴 했지만 그 정도는 손목의 힘으로 얼마든지 만회할 수 있다고 여겼다.

그런데 정작 타구는 펜스는커녕 워닝 트랙조차 가지 못하고 작 피터슨의 글러브 속에 빨려 들어가고 말았다.

"이럴 줄 알았으면 하나 지켜보는 건데."

뒤늦은 후회를 곱씹으며 찰리 브랙몬이 1루 측 더그아웃으로 몸을 돌렸다.

그를 대신해 2번 타자 에이제이 르메휴가 타석에 들어왔다.

"애송이, 이번에는 쉽지 않을 거다!"

에이제이 르메휴도 블랭크 도일 코치의 조언대로 타격 위치를 조정했다. 그리고 침착하게 방망이를 들어 올렸다.

'뭘 노리고 있나 한 번 볼까?'

오스틴 번은 초구에 바깥쪽 슬라이더를 요구했다. 저 먼 곳에서 날아들다가 마지막 순간에 우타자 바깥쪽을 파고드는 공이라면 에이제이 르메휴도 쉽게 공략해 내지 못할 거라 여겼다.

박건호는 오스틴 번이 요구하는 대로 정확하게 공을 찔러 넣었다.

퍼엉!

"스트라이크!"

묵직한 포구 소리에 이어 구심의 콜이 울렸지만 에이제이 르메휴는 꼼짝도 하지 않았다. 어깨조차 꿈틀거리지 않았다. 초구를 지켜보겠다는 생각인지는 몰라도 바깥쪽 코스를 노리고 있는 것 같진 않았다.

'몸 쪽을 노린다는 말이지?'

오스틴 번은 2구째 곧장 몸 쪽으로 미트를 붙여 넣었다.

손가락은 하나.

포심 패스트볼.

코스는 최대한 깊숙이.

초구 스트라이크를 잡았으니 공 하나쯤은 버려도 좋다고 말했다.

'깊숙이, 깊숙이.'

천천히 호흡을 고르며 박건호가 투구 동작에 들어갔다.

키킹, 스트라이드, 그리고 스로우.

박건호의 손끝을 빠져나간 공이 낮게 깔려 에이제이 르메휴의 몸 쪽을 파고들었다.

그 순간.

훙!

에이제이 르메휴가 기다렸다는 듯이 방망이를 휘돌렸다.

따악!

평소보다 앞쪽에서 걸린 타구가 3루 라인 쪽으로 구르더니 마지막 순간에 바깥쪽으로 빠져나갔다. 3루수 저스트 터너가 재빨리 타구를 낚아채 봤지만 3루심은 양팔을 들어 파울을 선언했다.

"크으!"

1루 쪽으로 반쯤 내달렸던 에이제이 르메휴가 아쉬움을 내뱉었다. 그토록 기다리던 몸 쪽 포심 패스트볼이 들어왔는데 애석하게도 타이밍이 맞지 않았다.

'너무 서두르다가 맞으면 안 되니까.'

오스틴 번은 3구째 바깥쪽으로 빠져나가는 커브를 요구했다.

에이제이 르메휴가 걸러도 좋고 건드려도 상관없었다. 일단 바깥쪽 느린 공으로 타이밍을 흔들어 놓은 뒤 4구에서 승부를 볼 생각이었다.

따악!

에이제이 르메휴는 바깥쪽으로 멀리 돌아 들어오는 커브를 기어코 때려내며 전의를 불태웠다.

그냥 놔뒀다면 볼이겠지만 사사구로 걸어 나가고 싶은 생각은 눈곱만큼도 없다며 다시금 방망이를 움켜 들고는 박건호를 매섭게 노려보았다.

투 스트라이크 원 볼.

투수에게 절대적으로 유리한 볼카운트에서 오스틴 번이 빠르게 손가락을 움직였다.

첫 번째 수신호는 손가락 세 개였다.

볼카운트가 유리한 만큼 유인구를 통해 에이제이 르메휴의 방망이를 끌어내자는 이야기였다.

그런데 두 번째 수신호가 이상했다.

손가락 네 개.

그대로라면 포심 체인지업이겠지만 펼쳤던 손가락을 접었다가 다시 한번 펼치면서 뜸을 들였다.

'설마…… 그냥 체인지업을 던지라고?'

사인을 확인한 박건호의 눈이 커졌다. 3회 초 투구가 끝나고 체인지업 사인을 낼 수도 있다는 말을 듣긴 했지만 투 스트라이크를 잘 잡아놓은 상황에서 보여주는 공도 아니고 승부구로 체인지업을 요구할 줄은 예상하지 못한 것이다.

그나마 다행인 건 덜 부담스러운 바깥쪽 코스라는 점이었다.

"후우……."

박건호는 일단 고개를 주억거렸다. 자신의 밋밋한 체인지업이 통할지는 확신할 수 없지만 지금껏 완벽하게 자신을 리드해 준 오스틴 번의 주문을 거절할 명분이 없었다.

게다가 앞선 휴식 때 오스틴 번이 해준 말이 묘하게 승부욕을 자극했다.

'건, 내 리드가 좋은 게 아니야. 네 공이 좋은 거야. 네가 좋은 공을 던지니까 나도 조금 더 다양하게 리드할 수 있는 거

라고.'

진심인지 아니면 더 잘 던지자는 당근인지는 모르겠지만 박건호는 오스틴 번의 칭찬이 싫지 않았다. 그리고 가능하다면 오늘 경기가 끝난 이후에도 오스틴 번에게 같은 칭찬을 다시 한번 듣고 싶었다.

'좋아, 어디 한번 부딪쳐 보자!'

왼손으로 체인지업 그립을 단단히 움켜쥔 뒤 박건호가 오스틴 번의 미트를 향해 힘껏 내던졌다.

후앗!

박건호의 손끝에서 공이 빠져나오자 에이제이 르메휴도 망설이지 않고 방망이를 움직였다. 박건호가 빠른 공으로 승부를 걸어온 거라고 확신한 것이다.

하지만 포심 패스트볼처럼 날아들던 공은 홈 플레이트 앞쪽에서 뚝 하고 떨어져 내렸다.

평소처럼 타석 뒤쪽에서 공을 지켜봤다면 충분히 걸러낼 만한 변화였지만 애석하게도 타석 앞쪽에 붙어 서 있던 에이제이 르메휴는 도저히 방망이를 멈춰 세우지 못했다.

"스트라이크, 아웃!"

에이제이 르메휴가 돌아간 것을 확인한 구심이 멋들어지게 오른팔을 휘돌렸다.

그와 동시에 다저스 스타디움에서 뜨거운 환호성이 터져 나왔다.

―건! 대단합니다. 에이제이 르메휴를 두 타석 연속 삼진으로 돌려세웁니다!

―벌써 삼진이 5개째인데요. 건, 저를 점점 더 부끄럽게 만들고 있습니다.

다저스 중계진도 흐뭇함을 감추지 못했다. 2회만 버텨줘도 다행이라 여겼던 루키가 안타 하나, 사사구 하나 내주지 않고 벌써 11개의 아웃 카운트를 잡아내고 있으니 예뻐 보일 수밖에 없었다.

그래서인지 3번 타자 노런 아레나도가 타석에 들어왔는데도 중계진의 목소리는 달라지지 않았다.

―노런 아레나도, 이번 타석에서 뭔가 보여줄 것 같은 느낌인데요. 참고로 지난 타석 때는 건에게 3구 삼진을 당했습니다.

―바깥쪽 높은 코스로 포심 패스트볼이 환상적으로 들어갔는데요. 이번에도 건이 그런 멋진 승부를 펼쳐 주길 기대해 보겠습니다.

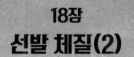

18장
선발 체질(2)

"후우……."

박건호도 1회보다는 한결 여유로운 표정으로 노런 아레나도를 바라봤다.

벌써 4회다. 게다가 투 아웃에 주자가 없는 상황이었다.

'맞아봐야 한 점이야.'

최악의 경우를 감안하더라도 노런 아레나도에게 필요 이상으로 겁을 낼 이유는 없을 것 같았다.

반면 타석에 들어선 노런 아레나도는 1회보다 훨씬 더 머릿속이 복잡해져 있었다.

'빨리 이 녀석을 끌어내려야 하는데…….'

노런 아레나도의 시선이 잠시 전광판으로 향했다.

1회부터 시작되어 온 로키스 득점란의 0행진이 4회까지 이어지고 있었다.

내일 다저스의 선발은 에이스 슬레이튼 커쇼다.

반면 로키스는 5선발인 조단 그레이가 예정되어 있었다.

조단 그레이가 좋은 투수이기는 하지만 객관적으로 놓고 봤을 때 슬레이튼 커쇼를 상대로 팀을 승리로 이끌 가능성은 높지 않아 보였다.

그렇다면 오늘 경기를 기필코 잡아내야 했다. 그것도 로키스 특유의 활화산 같은 공격력을 앞세워 어제 경기처럼 불펜 투수들을 줄줄이 동원하도록 만들어 놓아야 했다.

'단타는 필요 없어. 큰 것, 큰 것 한 방이면 돼.'

방망이를 움켜쥔 노런 아레나도의 어깨에 잔뜩 힘이 들어갔다. 그 모습이 눈썰미 좋은 오스틴 번의 시야에 걸려들었다.

'큰 걸 노리시겠다 이거지?'

오스틴 번이 고개를 끄덕인 뒤 손가락을 움직였다.

구종은 앞선 타석 때 보여주지 않았던 포심 체인지업.

그 공으로 노런 아레나도의 방망이를 끌어낼 생각이었다.

"초구부터 승부를 보자 이거지?"

오스틴 번의 사인을 확인한 박건호가 씩 웃었다. 그러고는 오스틴 번의 미트를 향해 망설임 없이 공을 내던졌다.

후앗!

박건호의 손끝을 빠져나간 공이 거의 바깥쪽 홈 플레이트에 걸치듯 날아들었다. 그러자 노런 아레나도가 기다렸다는 듯이 방망이를 휘돌렸다.

'어딜!'

노런 아레나도는 11타자 연속 범타에 신이 난 박건호가 겁도 없이 빠른 공으로 카운트를 잡으려 들어온 거라고 여겼다.

하지만 포심 패스트볼처럼 날아들다 뚝 하고 떨어진 공은 노런 아레나도의 자신만만한 얼굴을 당혹스럽게 바꾸어버렸다.

따악!

방망이 끝 부분에 걸린 타구가 빠르게 3유간으로 흘렀다. 워낙에 힘이 좋은 타자다 보니 정타가 아닌데도 불구하고 타구의 속도가 상당했다.

하지만 노런 아레나도가 잡아당길 거라 예상하고 수비 위치를 잡았던 유격수 코일 시거는 어렵지 않게 백핸드로 타구를 건져 냈다. 그리고 1루로 정확하게 송구해 세 번째 아웃 카운트를 만들어냈다.

"좋아! 시거! 잘했어! 그렇게만 해줘!"

박건호가 마운드에서 내려오며 코일 시거에게 글러브를 내밀었다.

"건! 나한테 다 보내. 내가 다 잡아줄 테니까."

루키답지 않은 박건호의 독려에 코일 시거가 피식 웃음을 흘렸다.

　"건! 잘했어!"

　"여길 좀 봐! 건! 여기야!"

　"널 보러 경기장에 왔다고!"

　다저스 스타디움 곳곳에서도 기립 박수가 터져 나왔다. 이닝이 거듭되어도 사그라질 줄 모르는 박건호의 호투에 너 나 할 것 없이 빠져든 것이다.

　-건이 4회를 조심해야 한다는 우리의 이야기를 들은 것일까요?

　-글쎄요. 솔직히 말하자면 괜한 소리를 한 것 같은 기분이 드는데요.

　-고백하자면 저 역시 같은 마음입니다. 제 나름대로는 건을 높이 평가하고 있었다고 생각했는데요. 적어도 오늘 경기만 놓고 보자면 건은 제가 생각하고 예상한 것보다 훨씬 더 대단한 투수임에 틀림없는 것 같습니다. 이대로만 가면 건이 데뷔전에서 승리를 챙기는 것도 얼마든지 가능해 보이는데요.

　-아마 이변이 없는 한 데빈 로버츠 감독은 건을 5회까지 마치게 하겠죠. 경우에 따라서는 6회 등판도 가능하겠지만 아마 또다시 중심 타선을 상대하도록 놔두진 않을 겁니다.

－그렇다면 관건은 5회가 되겠네요.

－네, 그전에 다저스 타자들이 한두 점 정도 추가점을 내 준다면 건의 어깨가 조금 더 가벼워지겠죠.

박건호가 연패 탈출의 디딤돌만 되어도 충분하다고 여겼던 다저스 중계진이 어느새 박건호의 데뷔전 승리를 기원하기 시작했다.

그것은 다저스 타자들도 마찬가지였다. 4연패 위기에 몰린 팀을 위해 루키인 박건호가 저렇게 열심히 공을 던지고 있는데 타자들도 가만히 앉아서 보고만 있을 수는 없다는 분위기가 형성된 것이다.

"건! 이번에도 기대해."

더그아웃을 나서며 4번 타자 에이든 곤잘레스가 박건호에게 윙크를 날렸다.

그러고는.

따악!

또다시 초구를 잡아당겨 좌익선상의 안타를 때려냈다. 호르헤 데 로사가 일부러 몸 쪽으로 스플리터를 붙여 넣었는데 그 공을 기다렸다는 듯이 받아쳐 버린 것이다.

"젠장할!"

호르헤 데 로사의 얼굴이 다시 와락 일그러졌다. 박건호의 호투에 자극 받지 않으려고 애를 썼는데 에이든 곤잘레스의 안타에 또다시 평정심이 무너지고 말았다.

뒤이어 타석에 들어선 작 피터슨도 조급해하지 않았다. 호르헤 데 로사의 초구와 2구가 눈에 띠게 스트라이크존을 벗어나자 아예 타격을 포기하고 공을 지켜보았다.

3구째 바깥쪽 높게 들어온 공이 운 좋게 스트라이크 선언을 받긴 했지만 결과는 달라지지 않았다.

4구와 5구, 몸 쪽으로 붙인 두 개의 공이 전부 깊었다는 판정을 받으며 작 피터슨은 오늘 경기 두 번째 사사구를 얻어내는 데 성공했다.

그렇게 또다시 무사 주자 1, 2루가 되자 데빈 로버츠 감독이 즉각 더그아웃을 박차고 나왔다. 그리고 앞선 타석에서 병살타를 때린 조시 메딕을 대신해 외야 유틸리티 자원인 스캇 밴스라이커를 집어 넣었다.

"스캇! 주자들을 진루시켜야 해! 내 말 무슨 뜻인지 알지?"

데빈 로버츠 감독이 스캇 밴스라이커를 붙잡아 놓고 단호하게 말했다.

"알겠습니다."

스캇 밴스라이커도 단단히 고개를 끄덕였다. 어떻게든 추가점을 내야 하는 상황에서 데빈 로버츠 감독의 지시까지 어기고 욕심을 부릴 생각은 추호도 없었다.

물론 그렇다고 해서 무작정 번트를 댈 생각은 없었다. 호르헤 데 로사의 제구가 또다시 흔들리는 만큼 번트를 대는 시늉만 해도 충분히 압박을 줄 수 있을 것이라 여겼다.

그런 스캇 밴스라이커의 예상은 정확하게 맞아떨어졌다.

퍼엉!

호르헤 데 로사가 연속 4개의 볼을 던지며 자멸하고 만 것이다.

―스캇 밴스라이커! 4구째도 잘 골라내며 주자들을 밀어냅니다.

―무사 주자 만루인데요. 호르헤 데 로사, 오늘 경기 가장 큰 위기를 맞게 됩니다.

―그런데 다음 타석이 오스틴 번의 차례인데요. 데빈 로버츠 감독이 또다시 대타 카드를 쓸까요?

―글쎄요. 야스마니 그린이 있긴 하지만 앞선 타석에서 3루타를 때려낸 만큼 오스틴 번에게 다시 한번 기회를 주는 것도 나쁘지 않아 보이는데요.

―중계 카메라에 데빈 로버츠 감독과 밥 그린 벤치 코치의 모습이 잡히고 있습니다. 뭔가 이야기를 하는 걸로 봐서는 대타에 대한 논의 같은데요.

―흠……. 별다른 사인이 없네요. 아마 오스틴 번에게 맡길

것 같습니다.

"후우……."

다저스 중계석 못지않게 더그아웃의 눈치를 보던 오스틴 번의 입에서 안도의 한숨이 흘러나왔다. 만에 하나 여기서 야스마니 그린으로 교체가 되면 어쩌나 걱정했는데 다행히도 데빈 로버츠 감독이 자신을 믿어준 모양이었다.

"그렇다면 그 기대에 부응을 해야겠지."

오스틴 번이 천천히 타석에 들어섰다. 그리고 그라운드를 꼼꼼히 살폈다.

로키스 내야진은 전부 전진 수비를 펼치고 있었다.

1루수 마이크 레이놀즈와 3루수 노런 아레나도는 베이스라인 앞쪽까지 들어와 있었다. 유격수 트레버 스토어는 거의 제자리에서 대여섯 걸음 앞쪽으로 자리를 옮긴 느낌이었다.

2루수 에이제이 르메휴가 평소보다 1루 쪽으로 자리를 옮겼지만 수비 시프트로 볼 정도는 아니었다.

외야수들도 상당히 앞쪽으로 들어와 있었다. 얕은 플라이면 곧바로 홈에 송구해 걸음이 느린 에이든 곤잘레스의 태그업 플레이를 막으려는 모양이었다.

만에 하나 안타가 나오더라도 2루 주자까지 홈으로 들여보내지는 않겠다는 계산도 깔려 있는 움직임 같았다.

어지간한 타자들 같았다면 수비수들의 움직임만으로 자존심이 상했을 것이다. 자신을 얼마나 우습게 여기면 이러나 싶어 화가 났을 것이다.

하지만 오스틴 번은 포수석에 앉을 때처럼 침착하게 마음을 다잡았다.

'욕심 부리지 마. 에이든 곤잘레스만 불러들이면 돼. 그럼 된다고.'

오스틴 번이 단단히 방망이를 움켜쥐었다. 그러자 호르헤 데 로사가 주자들을 힐끔거린 뒤 침착하게 초구를 내던졌다.

퍼엉!

포심 패스트볼로 보이는 공이 바깥쪽 스트라이크존을 통과했다.

전광판 구속은 91mile/h(≒146.5km/h).

제구에 신경 쓰다 보니 전력을 다하지 못하는 느낌이었다.

'이 공을 노리자.'

오스틴 번은 다시 방망이를 들어 올렸다.

무사 만루 상황이라 어떤 공을 노려야 할지 머릿속이 복잡했는데 초구에 들어온 포심 패스트볼 정도라면 어떻게든 1, 2루 간으로 밀어칠 수 있을 것 같았다.

그런 오스틴 번의 속내를 읽기라도 한 듯 호르헤 데 로사는 2구와 3구를 연속으로 몸 쪽에 찔러 넣었다.

2구째 보여주기 식으로 던진 커브는 너무 높았다는 판정을 받았고 3구째 무릎 높이로 던진 스플리터는 반대로 지나치게 낮게 제구가 됐다.

볼카운트 원 스트라이크 투 볼.

밀어내기의 부담감을 느낀 호르헤 데 로사는 세 번이나 고개를 저은 뒤에야 투수판을 밟았다. 그리고 오스틴 번이 기다리던 그 코스로 빠른 공을 집어넣었다.

'왔다!'

오스틴 번은 망설이지 않고 방망이를 내돌렸다. 포심 패스트볼이라 확신했던 공이 마지막 순간에 뚝 하고 떨어지긴 했지만 당황하지 않고 방망이를 쭉 밀어내 원하던 코스로 타구를 보냈다.

툭. 투둑.

방망이 끝 부분에 걸린 공이 힘없이 2루수 쪽으로 굴렀다. 호르헤 데 로사가 다급히 잡아 보려고 팔을 뻗었지만 타구는 그의 글러브 끝을 스쳐 지나 버렸다.

그사이 3루 주자 에이든 곤잘레스가 뒤뚱거리며 홈을 밟았다. 2루 주자 작 피터슨과 1루 주자 스캇 밴스라이커도 발 빠르게 다음 루를 향해 내달렸다.

"젠장!"

뒤늦게 타구를 건져 낸 2루수 에이제이 르메휴가 어쩔 수 없다며 1루로 공을 던졌다.

펑!

오스틴 번이 최선을 다해 1루로 내달렸지만 1루심의 판정은 아웃이었다. 그러나 다저스 스타디움에 모인 팬들은 오스틴 번을 향해 뜨거운 박수갈채를 보냈다.

오늘 다저스가 올린 두 점의 점수를 전부 오스틴 번이 만들어주었기 때문이다.

"오스티이이이인!"

"짜식! 네가 해낼 줄 알았어!"

임무를 완수하고 돌아온 오스틴 번을 향해 다저스 선수들이 앞다투어 손바닥을 내밀었다.

"잘했어, 오스틴!"

박건호도 활짝 웃으며 그 대열에 합류했다. 다른 타자도 아니고 오스틴 번이 두 점이나 뽑아줬다는 사실이 제 일처럼 신이 났다.

하지만 오스틴 번은 방망이를 내려놓기가 무섭게 언제나처럼 잔소리꾼으로 돌변했다.

"건, 여기서 뭐 하고 있는 거야. 이다음이 네 타석이라고. 빨리빨리 준비해!"

"뭐? 벌써?"

"벌써는 뭐가 벌써야! 설마 여기서 교체되고 싶은 생각은 아니겠지?"

"그야 물론이지!"

"그렇다면 빨리 방망이를 들어. 감독에게 네 의지를 확실히 전하라고!"

박건호는 오스틴 번의 조언대로 방망이를 집어 들었다. 그리고 씩씩하게 대기 타석 쪽으로 다가갔다.

그 모습을 본 데빈 로버츠 감독이 슬쩍 입가를 비틀어 올렸다.

"밥, 저길 봐. 건이 타석에 들어가려는 모양인데?"

"그래도 여기서 추가점을 뽑아내는 게 좋을 거 같은데요."

밥 그린 벤치 코치가 전광판 쪽으로 눈을 움직였다.

이제 경기 중반에 접어든 4회 말이다.

스코어는 2 대 0.

앞서가고 있다지만 로키스의 타선을 감안했을 때 절대 안심할 수 있는 점수 차이는 아니었다.

그렇다면 원 아웃에 2, 3루 기회를 어떻게든 살려야 했다.

하지만 타순이 좋지 않았다. 엔리 에르난데스를 대신해 타석에 들어온 8번 타자 크리스티 테일러의 올 시즌 득점권 타율이 1할에 못 미쳤다. 솔직히 적시타는커녕 1루에 주자가 없다는 사실이 감사할 정도였다.

만약 예상대로 크리스티 테일러가 3루 주자를 불러들이지 못한다면 추가 득점을 위해서라도 박건호를 대신해 대타 카드를 활용해야 하는 상황이었다.

5회 초 로키스의 공격이 4번 타자 카를로 곤잘레스부터 시작하는 만큼 이쯤에서 박건호를 교체해 주는 것도 나쁜 판단은 아니었다.

하지만 데빈 로버츠 감독은 박건호를 조금 더 끌고 가고 싶었다. 한 타순이 돌았는데도 불구하고 씩씩하게 공을 던지는 모습을 보니 선발로서의 가능성을 제대로 확인해 보고 싶은 욕심이 생긴 것이다.

"일단 크리스티의 타석을 지켜보자고. 크리스티도 오늘 뭔가를 보여줄지 모르니까."

데빈 로버츠 감독이 의미심장한 얼굴로 말했다.

그 순간.

따악!

경쾌한 타격음과 함께 크리스티 테일러의 타구가 외야로 뻗어 나갔다.

─타구가 계속해서 날아갑니다. 중견수 찰리 브랙몬이 낙구 지점을 찾아 움직이는데요.

─찰리 브랙몬이 충분히 잡을 수 있는 타구입니다. 그래도 3루 주자가 홈으로 들어오는 데는 아무 문제가 없을 것 같습

니다.

─작 피터슨, 벌써부터 홈으로 뛰어들 준비를 하고 있는데요. 찰리 브랙몬! 공 잡았습니다. 작 피터슨도 홈을 향해 내달립니다.

─타구가 깊어서 발 빠른 작 피터슨을 잡기란 불가능해 보이는데요.

─작 피터슨! 홈을 밟습니다. 스코어 3 대 0. 다저스가 또 한 점 앞서 나갑니다.

예상치 못한 크리스티 테일러의 희생플라이가 나오면서 박건호도 마음 편히 타석에 들어설 수 있었다.

그 결과 첫 타석보다는 나은 결과를 만들어냈다.

2루수 땅볼 아웃.

호르헤 데 로사의 2구째 한복판으로 들어오는 스플리터를 건드리는 데 성공한 것이다.

물론 잔뜩 굳어 있는 타격 자세 때문인지 임팩트 순간 제대로 힘을 싣지 못했다.

하지만 첫 타석 때처럼 삼진으로 물러나지 않았다는 점에서 관중들은 박건호에게 격려의 박수를 보내주었다.

"괜찮아, 건! 잘했어!"

"타구가 조금만 더 느렸더라도 내야 안타가 될 뻔했어!"

"무슨 소리야! 방망이 중심에 맞았다면 홈런이 됐을지도 모른다고!"

다저스 선수들은 한술 더 떠 박건호를 놀려대기 시작했다.

코일 시거를 비롯해 몇몇 선수는 박건호의 엉성한 타격 자세를 과장되게 흉내 내기까지 했다.

"건! 건! 여길 봐! 이게 누구 폼이게?"

"시거! 그만둬! 내 타격 자세는 그렇게 이상하지 않다고!"

"그래? 그럼 이 자세는 어때?"

"곤잘레스까지 왜 그래요?"

"건! 신경 쓰지 말고 빨리 준비해. 너 아직 교체된 거 아니라고."

"젠장! 다들 다음 타석 때 두고 봐. 안타 못 치면 두고두고 놀려줄 거야!"

화기애애한 분위기 속에서 박건호는 타석에서의 아쉬움을 떨쳐 냈다. 그리고 오늘 경기 마지막일지 모를 이닝을 위해 당당히 마운드에 올라섰다.

선두 타자는 4번 타자 카를로 곤잘레스.

앞선 타석에서 삼진을 잡아내긴 했지만 그렇다고 해서 가벼운 마음으로 상대할 수 있는 타자는 결코 아니었다.

'점수 차이가 벌어졌으니 분명 큰 걸 노릴 거야. 그러니까 까다롭게 승부하자고.'

오스틴 번은 초구에 몸 쪽으로 붙는 포심 패스트볼을 요구했다.

코스는 낮은 쪽.

첫 타석 때 패기로 밀어붙였으니 이번 타석 때는 철저하게 약점을 파고들자는 이야기였다.

"후우……."

몸 쪽 사인이 나오자 박건호가 길게 숨을 내쉬었다.

전략 팀에서 건네준 자료에 따르면 카를로 곤잘레스는 바깥쪽 공에 특히 강했다. 그리고 가운데 코스로 들어오는 공도 좀처럼 놓치는 법이 없었다.

반면 몸 쪽 코스는 상대적으로 조금 약하다는 평가였다. 그렇다고 몸 쪽 공에 꼼짝 못하거나 하는 수준은 결코 아니었다.

카를로 곤잘레스는 메이저 리그 통산 타율이 2할 9푼에 달하는 타자였다.

확실한 약점을 가지고 있다면 3할에 가까운 타율을 유지하는 것 자체가 불가능에 가까운 일이었다. 이런 타자의 몸 쪽에 공을 던진다는 건 호랑이의 굴속에 발을 들이미는 것과 별반 다를 게 없었다.

하지만 호랑이를 잡으려면 호랑이 굴에 들어가야만 했다.

'할 수 있다. 할 수 있어.'

속으로 혼잣말을 중얼거리며 박건호가 있는 힘껏 공을 내던졌다.

후앗!

박건호의 손끝에서 공이 빠져나오자 카를로 곤잘레스가 곧바로 레그 킥에 들어갔다. 그러나 스윙까지 이어지진 못했다. 카를로 곤잘레스가 예상했던 것보다 공이 훨씬 낮고 빠르게 깔려 들어온 것이다.

"스트라이크!"

잠시 뜸을 들이던 구심이 오른팔을 들어 올렸다. 마지막 순간에 오스틴 번이 공을 들어 올린 걸 감안하더라도 카를로 곤잘레스가 충분히 때려낼 수 있는 코스였다고 판단한 것이다.

"젠장!"

카를로 곤잘레스가 미간을 찌푸리며 방망이를 들어 올렸다. 표정으로 봐서는 초구에 바깥쪽 공이 들어올 거라 생각한 모양이었다.

'바깥쪽 포심 패스트볼을 노렸나 본데 그럼 이건 어떨까?'

오스틴 번이 앞선 타석 때 보여주었던 바깥쪽으로 흘러 나가는 슬라이더를 요구했다.

박건호는 일단 고개를 끄덕였다. 하지만 오스틴 번의 요구보다 조금 더 바깥쪽으로 타깃을 잡았다.

'하마터면 홈런이 될 뻔했으니까.'

천천히 숨을 고른 뒤 박건호가 빠르게 투수판을 박차고 나갔다.

후앗!

박건호의 손끝을 빠져나간 공이 몸 쪽에서 한복판을 지나 바깥쪽으로 꺾여 나갔다.

그 순간.

따악!

카를로 곤잘레스는 이번에도 기다렸다는 듯이 방망이를 내돌렸다.

다행히도 방망이 끝 부분에 걸린 타구는 일찌감치 3루 측 관중석 쪽으로 넘어가 버렸다. 그러나 타이밍만큼은 노리고 있었다고 봐도 무방할 정도로 완벽했다.

"크으으!"

카를로 곤잘레스의 입에서 절로 아쉬움이 흘러나왔다.

반면 오스틴 번은 놀란 가슴을 쓸어내려야 했다.

'내가 요구한 대로 들어왔다면 최소 2루타였어.'

오스틴 번은 마스크를 벗고 손목 보호대로 얼굴을 훔쳤다. 그렇게 마음을 다잡은 뒤에 다시 아무렇지도 않게 자리에 주저앉았다.

'좋아, 건. 네 덕분에 안타를 면했으니 이 녀석만큼은 확실히 잡아주겠어!'

잠시 호흡을 고른 뒤 오스틴 번이 3구째 사인을 냈다.

코스는 또다시 바깥쪽.

구종은 커브.

"후우……."

사인을 확인한 박건호가 뜨거운 날숨을 내쉬었다.

오스틴 번이 요구하는 건 보여주기 식 커브가 아니었다.

카운트를 잡는 결정구로 커브를 요구한 것이었다.

'가능할까?'

박건호의 머릿속이 순간 복잡해졌다. 오스틴 번의 꼼꼼한 리드 덕분에 여기까지 오긴 했지만 솔직히 이 승부가 통할지는 계산이 서질 않았다.

하지만 박건호는 이내 고개를 끄덕였다.

"좋아. 해보자."

샌드 쿠팩스는 커브는 자신감이 생명이라고 말했다. 야구에서 가장 느린 공을 던지는 데 배짱이 없이는 타자를 속일 수 없다고 강조했다.

류현신도 커브를 던질 때 맞는다고 생각하면 무조건 얻어맞을 수밖에 없다고 조언했다.

'통한다. 통한다. 통한다.'

박건호가 단단히 움켜쥔 공을 힘껏 내던졌다.

파악!

크게 포물선을 그리며 날아간 공이 오스틴 번의 미트 속에 정확하게 떨어져 들어갔다.

"……!"

이 타이밍에 커브가 들어올 거라고는 생각하지 못했던지 카를로 곤잘레스는 제자리에서 꼼짝도 하지 못했다.

그저 멍하니 커브를 지켜보다가 구심을 슬쩍 바라보고는 안도의 한숨을 내쉬며 타석에서 벗어났다.

구심의 스트라이크 콜을 기다리며 미트를 고정시켰던 오스틴 번도 이내 고개를 끄덕거렸다.

정말 좋은 커브였다. 무브먼트를 떠나서 타자의 허를 찌른다는 커브의 목적에 정확하게 부합하는 공이었다.

그렇게 볼카운트가 투 스트라이크 원 볼로 바뀌었다.

투 스트라이크 노 볼에서 볼이 하나 늘어났으니 타자가 유리해진 상황이었다.

하지만 정작 타석에 선 카를로 곤잘레스는 쫓기는 듯한 표정이었다. 반대로 커브를 통해 카를로 곤잘레스의 타이밍을 빼앗은 박건호는 기세등등하게 로진 가루를 불어냈다.

오스틴 번도 박건호에 맞춰 공격적인 사인을 냈다.

몸 쪽 하이 패스트볼.

앞선 타석 때 카를로 곤잘레스를 삼진으로 돌려세웠던 바로 그 공을 요구했다.

"좋았어."

박건호도 이내 고개를 주억거렸다. 그리고 단단히 심호흡을 한 뒤 카를로 곤잘레스의 몸 쪽을 향해 전력으로 내던졌다.

후앗!

박건호의 손끝에 채인 공이 곧장 카를로 곤잘레스의 얼굴 쪽으로 날아들었다. 레그 킥에 들어갔던 카를로 곤잘레스는 반사적으로 방망이를 휘둘렀다.

하지만 앞서 봤던 느린 커브의 잔상이 남은 것일까. 솟구치듯 날아든 공의 움직임을 미처 따라잡지 못했다.

퍼엉!

묵직한 포구음이 경기장에 울렸다. 뒤이어 다저스 홈 관중들의 비명 소리가 터져 나왔다.

"거어어어어언!"

"건! 거어어언!"

귀가 먹먹해지는 함성 속에서 4번 타자 카를로 곤잘레스마저 연타석 삼진으로 물러났다. 그렇게 루키 박건호를 꺾고 다저스를 4연패의 늪에 빠뜨리겠다던 로키스의 작전은 수포로 돌아가고 말았다.

4

카를로 곤잘레스를 삼진으로 돌려세웠다는 기쁨이 컸을까.

따악!

박건호는 5번 타자 트레버 스토어에게 첫 안타를 허용했다.

몸 쪽으로 붙여 넣은 포심 패스트볼이 살짝 몰리면서 트레버 스토어의 날카로운 스윙에 걸리고 만 것이다.

하지만 박건호는 흔들리지 않고 6번 타자 마이크 레이놀스와 7번 타자 헤럴드 파라를 각각 좌익수 플라이, 2루수 땅볼로 유도하고 이닝을 마쳤다.

5이닝 1피안타 무실점. 삼진 6개.

그야말로 완벽에 가까운 데뷔전이었다.

마운드를 내려가는 박건호를 향해 다저스 팬들은 뜨거운 박수갈채를 쏟아냈다.

다저스 선수들도 마찬가지.

"건, 고생 많았다."

"잘했어, 건!"

에이스 슬레이튼 커쇼를 비롯해 모든 선수가 박건호의 호투를 축하해 주었다.

지금껏 한 발자국 물러나 있었던 데빈 로버츠 감독도 직접 나서서 박건호를 독려했다.

"건, 어깨는 어때?"

"네, 괜찮습니다."

"더 던질 수 있겠어?"

"6회도요?"

"하하. 농담이야, 농담. 5회까지 잘 던져 줬어. 오늘은 푹 쉬고 다음 경기를 준비하라고."

데빈 로버츠 감독은 대놓고 다음 경기를 준비하라고 지시했다. 자세한 건 내부적으로 상의를 해야겠지만 박건호를 일회성 선발 투수로만 활용할 생각이 없다는 뜻을 분명하게 밝힌 것이다.

물론 박건호는 데빈 로버츠 감독의 속내를 바로 이해하지 못했다. 그저 의례적이나마 데빈 로버츠 감독이 칭찬을 해줬다며 좋아했다.

그러자 옆에 앉아 있던 오스틴 번이 답답하다는 표정을 지었다.

"너, 감독이 지금 무슨 말을 한 줄 알기는 한 거야?"

"나도 그 정도 영어는 알아듣거든?"

"하아……. 내가 이럴 줄 알았다."

"왜? 또 뭔데? 내가 뭐 실수라도 한 거야?"

"그게 아니라 너더러 다음 경기 준비하라고 했잖아!"

"그게…… 뭐?"

"이 멍청아! 너 다음에도 선발이라고! 지금 감독이 그 이야기를 한 거라고!"

"뭐? 다음번에도 선발이라고? 내가?"

박건호가 믿을 수 없다는 눈으로 오스틴 번을 바라봤다. 데빈 로버츠 감독이 말한 '다음에'라는 표현이 그렇게 해석되리라고는 생각지도 못한 것이다.

"오스틴, 농담이지?"

"내가 지금 농담하는 걸로 보여?"

"하지만 난 임시 선발인데?"

"다들 너처럼 임시 선발부터 시작했어. 나도 마찬가지야."

"너무 앞서가는 거 아냐?"

"내가 앞서간다고? 전혀! 넌 오늘 로키스 타선을 상대로 5이닝 동안 단 한 점도 내주지 않았어. 아미 경기가 끝나면 언론과 팬들이 가만있지 않을 거야. 다들 너에게 또 한 번 선발 기회를 줘야 한다고 말할 거라고."

"그, 그게 정말 가능한 일이야?"

"그렇다니까? 감독이 정확하게 말하지 않아서 네가 헷갈리나 본데, 두고 봐. 이대로 경기가 끝나서 네가 승리투수라도 되는 날에는 아주 재미있는 일들이 벌어질 테니까."

박건호는 그저 눈만 끔뻑거렸다. 오스틴 번의 말이 사실인지 아무나 붙잡고 물어보고 싶었지만 갑작스럽게 치열해진 경기 분위기 때문에 그럴 수가 없었다.

5회 말 세 번째 타순을 맞이한 다저스는 흔들리는 호르헤 데 로사를 기어코 강판시키는 데 성공했다.

선두 타자로 나온 앤드 토레스가 좌익선상에 떨어지는 2루타를 때려낸 게 시발점이었다. 이후 앤드 토레스는 호르헤 데 로사의 와일드 피치를 틈타 3루까지 출루하여 저스트 터너의 적시타 때 홈을 밟았다.

뒤이어 타석에 들어선 코일 시거가 펜스를 직격하는 2루타를 때려내며 무사 2, 3루 상황이 만들어지자 로키스 월트 와이트 감독은 결국 투수 교체를 단행했다.

호르헤 데 로사를 대신해 좌완 불펜 요원, 제이스 맥기를 마운드에 올린 것이다.

제이스 맥기의 최고 강점은 최고 구속이 100mile/h($\fallingdotseq$160.9km/h)에 달하는 포심 패스트볼이었다.

월트 와이트 감독은 제이스 맥기가 힘으로 다저스의 4번 타자 에이든 곤잘레스를 잡아내 주길 기대했다.

하지만 제이스 맥기와 에이든 곤잘레스의 대결은 무승부로 끝이 나버렸다.

제이스 맥기가 투 스트라이크까지는 잘 몰아넣었지만 이후에 던진 포심 패스트볼이 전부 커트당하면서 결국 희생플라이를 허용하고 만 것이다.

-저스트 터너! 홈으로 들어옵니다. 스코어 5 대 0. 다저스가 완전히 경기 흐름을 가져옵니다.

　-에이든 곤잘레스가 4번 타자로서 제몫을 다해줬습니다. 볼카운트가 불리했는데요. 바깥쪽 공을 침착하게 밀어쳐서 저스트 터너를 홈으로 불러들였습니다.

　-저스트 터너가 홈에 들어오는 동안 2루 주자였던 코일 시거까지 3루로 진루했는데요.

　-워낙에 발이 빠른 선수니까요. 카를로 곤잘레스가 처음부터 3루를 향해 공을 던졌다 하더라도 코일 시거를 막지 못했을 겁니다.

　3루까지 진루했던 코일 시거는 5번 타자 작 피터슨의 2루수 앞 땅볼 때 다시 홈을 밟았다. 그렇게 5회 말이 끝났을 때 스코어는 6 대 0까지 벌어져 있었다.

　"투수 교체."

　6회 초가 시작되자 데빈 로버츠 감독은 준비가 끝난 야디에르 알베스를 투입했다.

　퍼엉!

　주전 포수 야스마니 그린과 호흡을 맞추게 된 야디에르 알베스는 최고 구속 98mile/h(≒157.7㎞/h)의 포심 패스트볼을 앞세워 로키스 타자들을 상대했다.

하지만 결과는 좋지 않았다.

6회에 2사 이후 연속 4안타를 허용하며 2실점 하더니 7회에는 포수 믹 헌들리에게 투런 홈런을 얻어맞으며 순식간에 경기를 6대 4, 박빙으로 만들어 버렸다.

이후 8회에 마운드에 오른 크리스 아처가 3번 타자 노런 아레나도에게 홈런을 얻어맞으며 점수는 한 점 차까지 좁혀졌지만 다행히 셋업맨 조 브랜튼(0.2이닝)과 켈리 젠슨(0.2이닝)이 잔여 아웃 카운트를 지워내며 로키스의 추격을 멈춰 세웠다.

최종 스코어 6 대 5.

승리투수는 5이닝을 무실점으로 틀어막은, 루키 박건호의 차지였다.

5

승리투수가 되면 모든 게 달라질 거라는 오스틴 번의 예언은 틀리지 않았다.

"건! 여기 좀 봐요! 오늘 첫 승리예요. 기분이 어때요?"

"건! 건! 이쪽이에요! 오늘 5이닝까지 던질 거라고 예상하고 있었나요?"

"건! 상대가 홈런 타자들이 즐비한 로키스였는데요. 부담스럽지 않았나요?"

"건! 이쪽도 좀 봐 줘요!"

"웃어요~ 건!"

기자들은 박건호를 에워싼 채 놔주질 않았다.

오스틴 번은 물론이고 코일 시거까지 나서서 박건호를 구해주려 했지만 기자들은 오늘의 영웅이 이대로 사라지는 걸 결코 용납하지 않았다.

박건호는 쏟아지는 플래시 세례와 질문 속에서도 의연하게 대처하려 노력했다.

하지만 뒤죽박죽이 된 사고 회로와 덩달아 꼬여 버린 혀는 좀처럼 풀릴 기미가 보이지 않았다.

게다가 시간이 지날수록 기자들의 질문은 짓궂어졌다.

"아, 그게……."

"건! 긴장하지 말고 편하게 말 좀 해봐요. 지금 기사를 쓸 내용이 하나도 없다고요."

"그, 그런가요?"

"지금 가장 생각나는 사람이 누군가요? 혹시 여자 친구 있어요? 한국 사람인가요?"

"아, 아뇨. 여자 친구는 아직 없는데요."

"거짓말! 지금 얼굴 빨개졌는데요?"

"정말입니다. 정말 없어요."

"여자 친구가 있는지 없는지는 팬들의 판단에 맡기도록 할

게요."

"건! 혼자 미국에 왔는데 외롭지 않아요?"

"아, 네. 외롭습니다."

"역시. 한창 뜨거울 나이죠?"

"에? 아, 아니. 그런 뜻으로 한 말이 아니라 가족들이 보고 싶다는 이야기였어요."

"하하. 가족들도 보고 싶고 여자도 그립고 그런 거잖아요?"

"후우……."

"괜찮아요. 괜찮아. 난 건을 이해할 수 있어요. 젊은 야구 선수는 원래 혈기왕성하니까."

박건호의 어수룩한 모습에 신이 난 기자들은 마치 신고식을 하듯 더욱 난처한 질문들을 쏟아냈다. 처음에는 미간을 찌푸리던 기자들도 어느새 분위기에 동참해 웃고 떠들기 시작했다.

그때였다.

"그만. 여기까지만 합시다. 지금 건의 머릿속에는 아무 생각도 없을 것 같으니까."

데빈 로버츠 감독이 나타나 박건호의 앞을 가로막았다. 그러자 기자들이 너 나 할 것 없이 데빈 로버츠 감독에게 화살을 돌렸다.

"감독님! 건의 활약상에 대해 한마디 해주세요!"

"다들 보셨겠지만 오늘 건은 최고였습니다. 경기 후반에 매섭게 따라붙은 로키스 타선을 5이닝 동안 침묵하게 만들었습니다. 그게 결과고 그게 건의 실력입니다."

"오늘 건이 이렇게 좋은 모습을 보여줄 거라고 예상하셨나요?"

"솔직히 말할까요?"

"네, 솔직히 대답해 주세요."

"솔직히 말하자면 큰 기대는 하지 않았습니다. 아, 그렇다고 오해는 마세요. 나는 건이 오랫동안 마운드에서 버티긴 어려울 거라고 판단했을 뿐입니다. 건의 실력만큼은 불펜에서도 이미 증명이 됐죠. 그래서 잘하면 3이닝 정도는 큰 위기 없이 막아줄 거라고 생각했습니다."

"그렇다면 건의 다음 스케줄은 어떻게 되는 겁니까? 다시 불펜으로 복귀하는 건가요?"

"건을 불펜으로 보내자고요? 하하. 지금 농담하는 거죠?"

"제가 듣기로는 건이 불펜으로 내려가고 야디에르 알베스가 대신 선발진에 합류한다는 이야기가 있던데요."

"누가 그런 말을 하던가요? 아니, 그 이야기를 누구한테 들은 겁니까?"

"그, 그건…….."

"나는 다른 건 모릅니다. 다른 누군가는 정말로 야디에르 알베스를 선발로 쓰길 바랄지도 모르죠. 하지만 다저스의 감독으로서 나는 팀의 승리를 위해 최선을 다할 생각입니다. 건이 계속해서 선발 투수로 좋은 모습을 보여준다면, 나는 건에게 선발 기회를 줄 생각입니다. 그것이 내 운영 원칙입니다."

"그렇다면 건이 선발로도 통할 거라고 생각하시는 겁니까?"

"하하. 슬레이튼 커쇼가 이런 말을 했습니다. 자신도 건의 나이 때 저렇게 대담하게 던지지 못했던 것 같다고요."

"커쇼가요?"

"가, 감독님! 조금 더 자세히 이야기해 주세요!"

갑작스럽게 슬레이튼 커쇼의 이야기가 나오자 기자들이 흥분하기 시작했다. 그것은 도망갈 타이밍을 잡지 못한 채 멍하니 데빈 로버츠 감독의 등 뒤에 서 있던 박건호도 마찬가지였다.

'커쇼가…… 나를?'

진심으로 한 말인지 농담인지 확인할 길은 없지만 그 상황을 상상하는 것만으로도 박건호의 얼굴에는 환한 미소가 번졌다.

그 모습이 수많은 기자의 카메라에 찍혀 인터넷에 올라갔다. 그리고 박건호에게는 스마일 건이라는 새로운 별명이 붙었다.

경기 종료 후 스포츠 채널마다 박건호의 활약상이 흘러 나왔다.

"정말 대담한 투수입니다. 노런 아레나도와 카를로 곤잘레스를 두 타석 연속 삼진으로 잡아냈습니다."

"그렇다고 노런 아레나도와 카를로 곤잘레스의 컨디션이 나빴던 건 결코 아닙니다. 노런 아레나도와 카를로 곤잘레스 모두 건이 내려간 이후 2개의 안타와 타점을 올렸으니까요."

"로키스 클린업 트리오의 파괴력은 8회만 봐도 충분합니다. 6 대 4에서 1사 이후 노런 아레나도가 한 점 차로 추격하는 홈런포를 때렸고 뒤이어 타석에 들어온 카를로 곤잘레스가 담장을 직격하는 2루타를 날렸습니다. 5번 타자 트레버 스토어는 침착하게 사사구를 걸러냈죠. 만약 여기서 투수 교체 타이밍이 조금만 어그러졌더라도 오늘 경기는 로키스의 승리로 끝났을 겁니다."

"하지만 로키스의 클린업 트리오는 오늘 건을 상대로 단 하나의 안타도 때려내지 못했습니다. 결과적으로 놓고 봤을 때 이게 가장 큰 패인이라고 생각합니다."

전문가들은 한목소리로 박건호의 대담한 피칭을 칭찬했다. 특히나 로키스의 간판타자인 노런 아레나도와 카를로 곤잘레스를 상대로 연타석 삼진을 빼앗아 낸 점을 높이 평가했다.

"비록 임시 선발로 마운드에 오르긴 했습니다만 건은 확실히 선발에 어울리는 투수라는 생각이 듭니다."

"앞으로 건의 보직은 불펜이 아니라 선발 쪽이 되겠죠?"

"아마 그렇겠죠. 최소 두 번 정도는 더 테스트를 받아야 할 테고 이후에도 한동안 선발 전환의 과도기를 겪겠지만 그 시기만 잘 이겨낸다면 다저스의 미래를 짊어질 좋은 선발 투수가 될 거라는 느낌이 듭니다."

"아쉬운 것은 건이 좌완이라는 점인데요."

"건이 오늘처럼만 던져 준다면 마에다 케이타를 빼고 5명의 좌완 선발로 간다고 해도 그 누구도 반대하지 않을 겁니다. 물론 그렇다고 해서 마에다 케이타를 빼야 한다는 소리는 아니지만요."

다저스 팬들의 반응도 뜨거웠다. 홈페이지에서 진행된 경기 MVP를 묻는 질문에 응답자들 중 68퍼센트가 박건호를 꼽았다.

박건호의 보직을 묻는 질문에도 54퍼센트의 팬들이 계속해서 선발 기회를 주어야 한다고 말했다. 다시 불펜으로 돌아가야 한다는 의견은 전체의 19퍼센트에 지나지 않았다.

"후우……. 미치겠군."

여론을 살피던 앤디 프리드먼 사장이 무겁게 한숨을 내쉬었다.

당초 계획대로만 일이 풀렸다면 지금쯤 언론에서는 비어 있는 5선발에 대한 논의가 한창 진행되고 있었을 것이다.

알렉스 우든을 대신해 올린 류현신이 DL에 올라갔고 임시 선발로 나선 박건호도 불펜으로 돌아가야 하는 상황이었다.

그렇다고 선발 경쟁에서 탈락하다시피 한 알렉스 우든을 무작정 다시 올리는 것도 불가능한 일이었다.

앤디 프리드먼 사장은 언론이 야디에르 알베스를 비롯해 새롭게 선발 로테이션에 들어갈 만한 선수들을 두고 입방아를 찧어대길 기대했다.

특히나 이번 기회를 통해 야디에르 알베스의 가치가 재조명되길 바랐다.

누굴 선발로 올려도 성이 차지 않을 시점에서 계약금 5천만 달러(사치세 2500만 달러 포함)에 포심 패스트볼 최고 구속이 100mile/h을 넘나드는 젊은 우완 투수에게 관심이 모아진다면 앤디 프리드먼 사장도 부담 없이 야디에르 알베스를 5선발로 밀어붙일 생각이었다.

그런데 박건호가 호투를 펼치면서 상황이 달라졌다.

언론은 물론이고 팬들과 선수들, 심지어 현장에서까지 박건호를 5선발로 기용해야 한다고 말하고 있었다.

앤디 프리드먼 사장이 제아무리 구단 운영의 전권을 쥐고 있다고 해도 이런 분위기 속에서 박건호를 다시 불펜으로 내리고 야디에르 알베스를 선발로 올리는 결단을 내리는 건 불가능한 일이었다.

"그렇게 앉아 있지만 말고 뭔가 대책을 말해 봐!"

앤디 프리드먼 사장이 맞은편에 앉은 파렐 자이디 단장을 노려봤다.

하지만 파렐 자이디 단장이라고 해서 뾰족한 수가 있을 리 없었다.

"일단은 상황을 조금 더 지켜보는 게 좋겠습니다."

"지켜보다니? 설마 언론의 요구대로 건을 선발로 쓰자는 소리야?"

"언론에서 요구하는 건 건을 선발 로테이션에 합류시키라는 게 아닙니다. 정말 선발로서 자질이 있는지 테스트를 해봐야 한다는 거죠."

"그러다 정말로 테스트에 합격하기라도 하면? 그때는 책임질 거야?"

"그렇다고 무작정 건을 불펜으로 돌려보내기도 어렵습니다. 게다가 아직 야디에르 알베스는 메이저 리그에 제대로 적응하지도 못하고 있고요."

"하아……. 젠장할!"

"너무 그렇게 흥분하지 마시고 조금 더 기다려 보시죠. 다

음 경기는 에인젤스 원정 경기입니다. 그다음은 다이아몬드
백스 홈경기고요. 건을 선발 로테이션에 합류시킬지에 대한
고민은 이 두 경기를 지켜본 뒤라도 늦지 않습니다."

파렐 자이디 단장은 언론의 주장대로 박건호를 두 경기 정
도 더 선발로 내세우는 게 좋겠다고 말했다.

로키스전이야 운이 따랐다지만 지역 라이벌 에인젤스나 지
구 라이벌 다이아몬드 백스와의 경기는 결코 호락호락하지 않
을 거라고 전망했다.

"후우……. 그 전까지 야디에르 알베스에게 최대한 많은 기
회를 주도록 하라고. 얻어맞더라도 마운드에 올라가야 성장
하는 법이니까."

앤디 프리드먼 사장은 박건호가 다이아몬드 백스전을 끝마
치기 전까지 야디에르 알베스를 메이저 리그에 적응시켜야 한
다고 덧붙였다.

박건호가 예상대로 에인젤스전과 다이아몬드 백스전에서
부진한 모습을 보이더라도 야디에르 알베스가 준비가 되어 있
지 않다면 아무런 의미가 없었다.

다행히도 야디에르 알베스는 마운드 위에서 점점 안정을
되찾아갔다.

로키스와의 홈 3연전 마지막 경기에 슬레이튼 커쇼 다음으
로 마운드에 올라 0.2이닝을 무실점으로 틀어막으며 반등하

더니 이후 5경기 동안 7이닝 2실점, 평균 자책점 2.57의 수준 급 피칭을 선보였다.

그러나 앤디 프리드먼 사장은 웃지 못했다.

박건호가 야디에르 알베스 이상으로 좋은 피칭을 이어갔기 때문이다.

7

홈-원정으로 이어지는 에인젤스와의 4연전 마지막 경기에 선발 등판한 박건호는 5.1이닝 동안 4피안타 1사사구 2실점으로 활약하며 팀의 승리에 일조했다.

출발은 좋았다. 3회까지 피안타 1개만 허용한 채 무실점으로 에인젤스 타선을 틀어막으며 로키스전 때 보여주었던 완벽한 피칭이 우연이 아니라는 걸 증명해 냈다.

하지만 에인젤스도 루키에게 당하고만 있지는 않았다.

4회 1사 주자 1루 상황에서 에인젤스의 간판타자 마이크 트라우스가 투런 홈런을 때려내며 3 대 0의 리드를 3 대 2, 한 점 차 박빙의 승부로 바꿔 버렸다.

마이크 트라우스에게 홈런을 얻어맞은 이후 박건호는 피안타와 사사구를 연속해서 내주며 잠시 흔들렸다.

하지만 데빈 로버츠 감독은 박건호를 교체하지 않았다.

마운드에 올라가 5회까지는 마운드를 맡길 테니 부담 갖지 말고 마음 편히 공을 던지라고 독려했다.

덕분에 안정을 되찾은 박건호는 두 경기 연속 5이닝을 책임지며 선발 투수로서의 최소한의 임무를 완수해 냈다. 그리고 6회 말에도 다시 마운드에 올라왔다.

5회까지 투구 수는 63구. 아직 불펜에서 선발로 전환한 지 2주밖에 지나지 않은 걸 감안하면 적잖은 개수였다.

하지만 이닝당 평균으로 놓고 보자면 12.6구에 지나지 않았다.

박건호도 한 이닝 정도는 더 던질 체력이 남아 있다고 여겼다.

하지만 데빈 로버츠 감독은 박건호가 3번 타자 코일 칼훈을 유격수 땅볼로 유도해 내기가 무섭게 투수 교체를 단행했다.

구속이 떨어진 박건호가 홈런을 허용한 4번 타자 마이크 트라우스를 상대하기란 무리라는 판단을 내린 것이다.

"건, 잘 던졌다."

"감독님, 저 아직 쌩쌩해요."

"경기는 많으니까 욕심 부리지 마, 건. 그리고 개인 성적보다 중요한 게 팀의 승리라는 걸 명심하고."

"후우……. 알겠습니다."

박건호는 마지못해 마운드에서 내려왔다.

마이크 트라우스에게 복수하지 못한 게 아쉽긴 했지만 팀의 승리가 최우선이라는 데빈 로버츠 감독의 원칙을 부정하고 싶진 않았다.

"괜찮아, 건. 아직 한 점 앞서고 있다고."

박건호와 함께 교체된 오스틴 번이 다가와 위로의 말을 건넸다. 이대로 경기가 끝난다면 메이저 리그 선발 데뷔 이후 두 경기 연속 승리를 따내는 행운을 거머쥘 수 있었다.

하지만 결과적으로 데빈 로버츠 감독의 투수 교체는 실패로 돌아갔다.

박건호에 이어 마운드에 올라온 루이 콜맨이 마이크 트라우스에게 또다시 홈런을 허용하며 한 점 차 리드와 박건호의 승리투수 자격을 동시에 날려 버린 것이다.

다행히 4번 타자 에이든 곤잘레스가 8회 초 2타점 적시타를 때려내며 다저스가 승리를 거두긴 했지만(최종 스코어 5 대 4) 박건호로서는 아쉬움이 클 수밖에 없는 경기였다.

그런 박건호를 위로하듯 언론들은 경기 직후 호평을 쏟아냈다.

[코리안 건, 5.1이닝 2실점 호투!]

[건, 잘 던졌지만 웃지 못했다. 불펜 방화 속에 승리 날려.]

[두 경기 연속 호투! 건, 다저스 선발 로테이션에 자리 잡

을까?]

데빈 로버츠 감독도 인터뷰를 통해 박건호가 마운드에서 잘 버텨준 덕분에 승리를 할 수 있었다고 칭찬했다.

그러면서도 투수 교체 실패에 대한 지적에는 결과론일 뿐이라며 모든 선택이 최고의 결과로 이어지지는 않는다고 변명했다.

박건호의 호투 덕분에 에인젤스와의 4연전을 위닝 시리즈(승-승-패-승)로 가져간 다저스는 샌디에이고로 날아가 파드리스와 2연전을 가졌다.

선발 로테이션상 2연전은 에이스 슬레이튼 커쇼와 2선발 스캇 카이저가 등판을 준비하고 있었다.

파드리스가 일찌감치 내셔널 리그 서부 지구 최하위에 처진 만큼 객관적인 전력만 놓고 봤을 때 다저스의 무난한 승리가 예상되었다.

그런데 정작 시리즈는 파드리스의 스윕으로 끝이 났다. 슬레이튼 커쇼와 스캇 카이저가 컨디션 난조를 보이며 경기 초반에 무너진 게 패인이었다.

당연히 잡았어야 할 시리즈를 놓치면서 코앞으로 다가왔던 지구 선두 탈환 역시 물거품이 되고 말았다. 그것으로도 모자라 다이아몬드 백스에게 홈 3연전의 첫 경기와 두 번째 경기를 연달아 내주며 4연패의 늪에 빠져 버렸다.

"만약 내일 경기까지 내주면 이번 시즌 첫 5연패를 기록하게 됩니다. 자이언츠와의 격차가 4경기까지 벌어져 있는데 또다시 패배한다면 전반기 내 선두 탈환은 불가능할지 모릅니다."

"다이아몬드 백스 선발이 맥 그래인키입니다. 건이 유망한 루키이긴 하지만 솔직히 건으로는 역부족입니다."

"제 생각도 같습니다. 중간에 휴식일이 하루 끼어 있었던 만큼 슬레이튼 커쇼를 앞당겨 등판시켜야 합니다!"

전문가들은 한목소리로 슬레이튼 커쇼와 맥 그래인키의 맞대결이 성사되어야 한다고 강조했다. 흥행 여부를 떠나 박건호가 마지막 경기마저 내준다면 다저스의 연패가 장기화될지 몰랐다.

하지만 데빈 로버츠 감독은 선발 로테이션을 고수하겠다는 뜻을 밝혔다.

"맥 그래인키는 요즘 상승세야. 슬레이튼 커쇼라 해도 만만치가 않다고."

데빈 로버츠 감독의 결단 속에 박건호는 예정대로 다이아몬드 백스와의 홈 3연전 마지막 경기에 선발로 나섰다.

그러나 4연패에 대한 부담감 때문일까.

앞선 두 경기와는 반대로 출발이 좋지 않았다.

선두 타자 진 세이라에 2루타를 얻어맞은 뒤 3번 타자 필 골드슈미트와 4번 타자 데이브 페렐타에게 연속 안타를 내주며 1회에만 2실점을 하고 말았다.

"건, 내 말 잘 들어. 아무래도 피로가 쌓인 거 같아. 지난 경기보다 무브먼트가 좋지 않다고."

1회가 끝나기가 무섭게 오스틴 번은 박건호와 대책 논의에 들어갔다. 그리고 2회부터 볼 배합을 유인구 위주로 바꾸면서 매섭게 덤벼드는 다이아몬드 백스 타선을 상대했다.

2회에 안타 하나.

3회에 안타 하나. 사사구 하나.

4회에 안타 하나.

5회에 사사구 하나.

거의 매 이닝 주자를 내보냈지만 박건호는 흔들리지 않았다. 오스틴 번의 리드대로 침착하게 공을 던져 타자들을 범타로 유도해 냈다.

그렇게 5이닝을 힘겹게 버텨내자 다저스 타자들이 응답했다. 4회까지 꽁꽁 틀어 막혔던 맥 그래인키를 상대로 에이든 곤잘레스와 작 피터슨의 연속 2루타가 터져 나온 것이다.

장타로 순식간에 한 점을 만회하자 데빈 로버츠 감독이 곧바로 승부를 걸었다. 최근 들어 타격감이 좋지 않은 조시 메딕을 대신해 야르엘 푸이그를 대타로 기용한 것이다.

야르엘 푸이그는 옛 동료였던 맥 그래인키의 3구째 포심 패스트볼을 받아쳐 담장을 직격하는 장타를 때려냈다. 그리고 중계가 원활하지 않은 틈을 노려 3루까지 살아 들어갔다.

흔들리는 맥 그래인키를 상대로 오스틴 번이 스퀴즈 번트를 대면서 야르엘 푸이그마저 홈을 밟았다.

2 대 0이던 점수가 2 대 3로 뒤집혔다. 다저스는 그 한 점 차 점수를 끝까지 지키며 4연패의 굴레에서 탈출하는 데 성공했다.

5회까지 79구를 던졌던 박건호는 6회부터 더그아웃에 앉아 선수들을 응원했다.

그리고 애드 리베라토레-조 브랜튼-켈리 젠슨으로 이어지는 불펜진이 승리를 지켜주자 두 손을 번쩍 들어 올리며 환호했다.

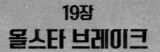

19장
올스타 브레이크

1

로키스전(홈)
5이닝 1피안타 무사사구 무실점 탈삼진 6개 투구 수 41구
승리투수

에인젤스전(원정)
5.1이닝 4피안타 1사사구 2실점 탈삼진 5개 투구 수 67구
노 디시전, 팀 승리

다이아몬드 백스전(홈)

5이닝 6피안타 2사사구 2실점 탈삼진 2개 투구 수 79구

승리투수

선발 테스트 결과

3경기 2승

15.1이닝 11피안타 3사사구 4실점(4자책) 탈삼진 13개

투구 수 187구 경기당 평균 62.3 이닝당 평균 12.4

평균 자책점 2.35 WHIP 0.913 K/BB 4.33

"흠……. 이 정도면 합격 아닌가?"

박건호의 경기 결과를 꼼꼼히 살피던 마크 윌리엄 구단주가 앤디 프리드먼 사장을 바라보며 물었다. 지난 2주 동안 3경기에 나와 2승을 거두고, 등판한 모든 경기에서 팀을 승리로 이끈 건 박건호가 유일했다.

그런데도 앤디 프리드먼 사장은 선발 수업을 핑계로 박건호를 오클라호마시티로 보내려 했다.

"앤디, 난 자네의 운영 철학을 존중하네. 하지만 원칙이 없어서는 곤란해. 그러니까 이제 이유를 말 해보게. 왜 건이 오클라호마시티로 가야 하는 거지?"

마크 윌리엄 구단주가 추궁하듯 말을 이었다. 그러자 앤디 프리드먼 사장의 날선 시선이 마크 윌리엄 구단주의 옆쪽에

서 있는 사내에게 향했다.

알렉스 인터폴리스.

전 블루제이스 단장 출신으로 다저스에 합류한 그는 언제나처럼 짙은 쌍꺼풀에 어울릴 만한 푸근한 미소를 짓고 있었다.

박건호의 3연속 호투에 여론이 들끓자 앤디 프리드먼 사장은 올스타 브레이크를 이용해 박건호의 오클라호마시티 행을 독단적으로 결정했다.

박건호에게 더 이상 기회를 줄 경우 선발 자리를 내줘야 할지도 모른다는 불안감을 떨쳐 내지 못한 것이다.

최측근이라 불리는 파렐 자이디 단장까지 나서서 만류했지만 앤디 프리드먼 사장의 결정은 달라지지 않았다. 덕분에 마크 윌리엄 구단주까지 나서게 됐다.

마크 윌리엄 구단주는 지금이라도 앤디 프리드먼 사장이 결정을 번복해 주길 바랐다.

하지만 앤디 프리드먼 사장은 마크 윌리엄 구단주 앞에서도 쉽게 물러서지 않았다.

"건은 선발로서 재능이 충분합니다. 그래서 선발 수업을 받게 하자는 것입니다."

"그게 오클라호마시티로 보내야 하는 이유란 말인가?"

"물론입니다. 메이저 리그는 유망주들을 성장시키기에 좋은 환경이 아닙니다. 건의 성적을 자세히 보세요. 경기가 거듭될수록 피안타율이 치솟고 있습니다. 이대로 간다면 다음 경기, 혹은 그다음 경기 때 와르르 무너져 내릴 겁니다. 저는, 건이 그런 식으로 무너지도록 놔둬서는 안 된다고 생각합니다."

앤디 프리드먼 사장의 주장은 충분히 그럴 듯했다. 실제로 박건호의 피안타율은 경기가 거듭될수록 높아지고 있었다.(0.063−0.200−0.300)

이 추세가 다음 경기까지 이어진다면 이후로는 선발로 등판시키기 어려울지도 몰랐다.

그런 점에서 박건호를 다시 트리플 A인 오클라호마시티로 보내어 선발로서 다양한 경험을 쌓게 하는 것도 하나의 방법이 될 수 있었다.

하지만 마크 윌리엄의 보좌역을 자처하는 알렉스 인터폴리스 부사장은 말도 안 된다며 코웃음을 쳤다.

"제 생각은 달라요, 마크. 건은 충분히 메이저 리그에 적응하고 있다고요."

"인터폴리스, 대체 무슨 근거로 그런 말을 하는 거지?"

"안타는 누구나 맞을 수 있어요. 사사구도 마찬가지죠. 하지만 건은 고작 4점밖에 내주지 않았어요. 그리고 결과적으로 팀을 승리로 이끌었죠. 왜 그 점을 간과하는 거죠?"

"이봐, 자네야말로 건을 너무 편애하고 있는 거 아냐?"

"편애요? 까짓것 편애라고 하죠. 건처럼 매력적인 투수가 눈앞에 딱 하고 나타났는데 예뻐 보이는 게 당연한 거 아닌가요?"

알렉스 인터폴리스 부사장는 수치도 중요하지만 경기 내용을 잘 살필 필요가 있다고 말했다.

실제로 박건호는 다이아몬드 백스전 때 매 이닝 주자를 출루시키면서도 1회 이후로 단 한 명도 홈에 불러들이지 않았다.

병살타까지 하나 유도해 내며 비교적 깔끔하게 이닝을 마쳤다. 이날 박건호의 포심 패스트볼 구속과 무브먼트가 앞선 두 경기보다 좋지 않았다는 점까지 감안하자면 경기 운영에 충분히 높은 점수를 줄 만했다.

이 같은 알렉스 인터폴리스 부사장의 생각에 대다수의 언론과 팬, 선수들이 동의했다.

하지만 앤디 프리드먼 사장은 허황된 주장이라 여기며 결코 받아들이지 않았다.

"어쨌든 건은 한계에 다다라 있습니다. 이대로라면 힘들어요. 그러니 마크, 잘 생각해요. 괜한 고집을 부렸다가 가능성 있는 선발감을 잃지 말라고요."

앤디 프리드먼 사장이 단호하게 말했다. 마치 이대로 박건호를 메이저 리그에 내버려 뒀다간 망가지고 말 거라고 확신이라도 하는 것 같았다.

"흠······."

마크 윌리엄 구단주의 입에서 절로 신음이 흘러나왔다.

아무래도 구단 운영이나 선수 관리 부분에 있어서는 앤디 프리드먼 사장의 안목을 따라갈 수가 없었다.

앤디 프리드먼 사장이 정말로 박건호를 위해 내린 결정이라면?

자신의 손으로 좋은 투수의 미래를 망치는 결과를 초래하게 될지도 몰랐다.

그러나 알렉스 인터폴리스 부사장은 그런 일은 일어나지 않을 거라고 잘라 말했다.

"마크, 건은 그 정도로 나약한 투수가 아닙니다. 그랬다면 진즉 무너졌겠죠."

알렉스 인터폴리스 부사장이 앤디 프리드먼 사장을 똑바로 노려보았다. 그러자 앤디 프리드먼 사장이 보란 듯이 불쾌함을 드러냈다.

"만약에 다음 경기에서 건이 무너진다면 어쩔 텐가?"

"다음 경기요? 정확하게 어떤 경기를 말하는 건가요?"

"어차피 둘 중 하나 아닌가?"

"그래도 상대하는 팀이 다르잖아요. 로테이션을 지키면 말린스 원정이고 로테이션에 변경이 있을 경우에는 화이트삭스 원정인데 똑같은 경기라고 보긴 어렵지 않겠어요?"

"그래서, 하고 싶은 말이 뭐야?"

"나하고 내기를 하고 싶다면 상황에 맞게 하자는 겁니다."

"건이 어느 경기에 나서든 자신 있었던 거 아냐?"

"물론 나는 건을 믿습니다. 하지만 두 경기 모두 원정 경기이고 건의 휴식일이 길어진다는 점을 감안해야겠죠."

"젠장!"

앤디 프리드먼 사장이 자신도 모르게 욕지거리를 내뱉었다. 마크 윌리엄 구단주 앞이라 가능하면 감정을 억누르려 했지만 한 마디도 지지 않고 맞받아치는 알렉스 인터폴리스 부사장의 시건방진 태도를 도저히 참아줄 수가 없었다.

"앤디, 일단 진정부터 해요. 흥분은 이성적인 판단을 저해하는 가장 큰 방해 요소니까요."

"시끄럽고, 원하는 걸 말해 봐."

"건이 말린스전에 등판한다면 6이닝 2실점, 화이트삭스 전에 나간다면 6이닝 3실점. 어때요?"

"이닝과 실점만으로 건을 평가하자 이건가?"

"선발 투수라는 게 본래 최대한 긴 이닝을 버티며 가능한 적은 실점으로 팀을 승리로 이끄는 역할을 해줘야 하는 거 아닌가요?"

"말은 잘하는군."

"그게 싫으면 앤디가 정해요. 피안타율이든 피출루율이든. 다이아몬드 백스전에서 잔뜩 올려놓았는데 설마 그보다 더 높아질까요?"

알렉스 인터폴리스 부사장이 이죽거리듯 말했다.

실제로 박건호의 피안타율과 피출루율은 다이아몬드 백스전에서 정점을 찍은 상태였다.

물론 다음 경기에서 그보다 잘 던지리라는 보장은 없다지만 6개 이상의 안타와 2개 이상의 사사구를 내주며 자멸할 거라는 확신도 갖기 어려웠다.

"좋아, 자네 뜻대로 하자고."

앤디 프리드먼 사장이 마지못해 알렉스 인터폴리스 부사장의 조건을 받아들였다. 그러자 알렉스 인터폴리스 부사장이 그럴 줄 알았다며 고개를 주억거렸다.

"내기 조건은 말 안 해도 알죠?"

"그야 건의 잔류 아닌가?"

"고작 그거라면 내기까지 할 의미가 있을까요? 저는 물론이고 마크도 건을 오클라호마시티로 내려 보낼 이유가 전혀 없다고 생각하고 있는데 말이죠."

"젠장! 그래서? 원하는 게 뭔데?"

"내게도 다저스를 위해 일할 수 있는 기회를 줘요."

"뭐?"

"기회를 달라고요. 더 이상 이름뿐인 부사장은 지겹거든요."

알렉스 인터폴리스 부사장이 빙긋 웃으며 말했다. 빈말이 아니라 앤디 프리드먼 사장과 파렐 자이디 단장이 장악하다시피 한 다저스 내에서 알렉스 인터폴리스 부사장이 할 수 있는 일은 많지 않았다.

"마크! 이게 대체 무슨 소리죠?"

앤디 프리드먼 사장이 마크 윌리엄 구단주에게 따져 물었다. 다저스 운영의 전권을 자신에게 맡긴 건 마크 윌리엄 구단주를 비롯한 구단 소유주들이었다.

그런데 이제 와 이런 말도 안 되는 방법으로 알렉스 인터폴리스 부사장을 밀어 넣겠다니. 이건 자신의 운영권을 대놓고 간섭하겠다는 소리나 다름없었다.

하지만 마크 윌리엄 구단주도 앤디 프리드먼 사장과 알렉스 인터폴리스 부사장의 힘겨루기에 끼어들 생각은 없었다. 그렇다고 구단주가 되어 사장의 말에 꼬리를 말 수도 없는 노릇이었다.

"지금이라도 건을 흔들지 않겠다고 말하게. 그럼 지금 이야기는 없던 걸로 하지."

"마크! 지금 무슨 소리를 하는 겁니까! 내가 아무 이유도 없이 신인 선수를 흔들 만큼 한가한 줄 알아요?"

"그러니까 건을 내버려 두라고. 모두가 그걸 원하고 있는데 왜 자네 혼자 난리야?"

"허, 그들 모두가 틀리고 내가 맞을 거라는 생각은 안 해봤습니까?"

"물론 해봤지. 그러니까 내가 바쁜 시간 쪼개가며 이러고 있는 게 아닌가?"

"후우……."

앤디 프리드먼 사장이 분에 못 이겨 뜨거운 한숨을 내쉬었다. 그러면서도 머릿속은 냉정해지려 애를 썼다.

분위기상 마크 윌리엄 구단주가 쉽게 물러날 것 같지는 않았다. 하기야 알렉스 인터폴리스 부사장까지 대동하고 나섰으니 체면 때문에라도 버틸 게 뻔했다.

그렇다고 이제 와 박건호를 신경 쓰지 않을 수도 없었다. 여기서 손을 놓아버린다면 나중에 박건호를 팔아먹는 것조차 뜻대로 되지 않을 가능성이 높았다.

'어찌한다…….'

앤디 프리드먼 사장이 빠르게 머리를 굴렸다.

현실적으로 따져 봤을 때 박건호를 인정하고 알렉스 인터폴리스 부사장의 개입을 막는 게 최선이었다.

알렉스 인터폴리스 부사장이 갑작스럽게 박건호를 싸고도는 이유도 끼어들 명분을 얻기 위해서였다.

늦었지만 박건호에게서 손을 떼버리면 알렉스 인터폴리스 부사장도 다음 기회를 엿볼 수밖에 없었다.

하지만 이제 와 말을 번복하는 건 운영 사장으로서 자존심이 허락하지 않았다. 그랬다간 구단 내부에서도 마크 윌리엄 구단주에게 밀렸다는 말들이 나돌 게 분명했다.

'어쩔 수 없지.'

한참을 고심하던 앤디 프리드먼 사장이 다시 알렉스 인터폴리스 부사장을 바라봤다. 그리고 단호한 목소리로 말했다.

"좋아. 그 제안, 받아들이지."

"정말이죠?"

"그래, 대신 내가 이긴다면, 이름뿐인 부사장 자리 때려치우게."

"그게…… 무슨 말이죠?"

"말 그대로야. 마크의 말벗이나 하라는 이야기일세."

"까짓것, 좋습니다."

알렉스 인터폴리스 부사장은 앤디 프리드먼 사장처럼 재고 따지지 않았다. 생긴 것처럼 흔쾌히 고개를 끄덕이며 앤디 프리드먼 사장을 도망치지 못하도록 덥석 잡아 물었다.

"지금이라도 늦지 않았어. 자신 없는 사람은 미리 말하라고."

마크 윌리엄 구단주가 으름장을 놓았다. 그러면서 앤디 프리드먼 사장에게 시선을 주었다.

"누가 이기나 두고 보죠!"

앤디 프리드먼 사장이 짜증스럽게 몸을 돌렸다. 그 모습을 지켜보며 알렉스 인터폴리스 부사장이 슬쩍 입꼬리를 비틀어 올렸다.

"자신은 있는 거지?"

"내기에 이길 자신 말입니까?"

"아니, 앤디를 꺾을 자신 말이야."

"그건 맡겨만 주십시오. 절대 실망시켜 드리지 않겠습니다."

"그래, 자네만 믿지."

마크 윌리엄 구단주의 입가에도 묘한 미소가 번졌다. 설사 알렉스 인터폴리스 부사장이 앤디 프리드먼 체계를 흔들지 못하더라도 상관없었다.

알렉스 인터폴리스 부사장이 전면에 나서는 것만으로 앤디 프리드먼 사장의 방만했던 구단 운영에 충분한 제약이 걸릴 터였다.

2

자신을 둘러싼 거대한 내기 판이 만들어지던 그 시각.

"야! 왜 이렇게 늦었어?"

"미안, 오래 기다렸냐?"

"메이저리거라 이거냐?"

"짜식, 아니라니까. 오다가 길을 헤맸어. 정말이야."

"됐고, 그런 의미에서 오늘 밥은 네가 쏴라."

"그래, 인마. 그럴 생각이었다.

"크흐흐! 그럼 어디 메이저리거 친구 한번 뜯어먹어 볼까?"

박건호는 올스타 브레이크를 맞이하여 안승혁을 만났다. 오가는 데 하루가 꼬박 걸리는 터라 한국에 다녀올 엄두는 내지 못했다.

"건호야, 비싼 거 먹어도 되냐?"

"야, 살살해. 내 연봉이 무슨 100만 달러쯤 되는 줄 아냐?"

"지금 내 앞에서 연봉 이야기 하는 거냐?"

"나도 최저 연봉이라고, 인마."

2017년 메이저 리그 최저 연봉은 53만 5천 달러. 한화로 대략 6억 2천만 원 정도였다. 수백만 달러의 몸값을 자랑하는 선수들이 즐비한 메이저 리그에서 박건호의 연봉은 우스울 정도였다.

물론 주급으로 1천 달러 정도를 받는 안승혁의 입장에서 보자면 박건호는 고액 연봉자나 다름없었다.

하지만 50만 달러나 되는 돈이 전부 박건호의 통장에 입금되는 건 아니었다. 각종 세금(연방 소득세 39.6퍼센트, 주세 13.3퍼센트. 조크세 별도)과 에이전트 비용, 메이저 리그 등록 일수 등을 감안하면 실 수령액은 20만 달러가 되지 않았다.

하지만 안승혁도 바보는 아니었다.

"너 보너스 받잖아."

"보, 보너스라니? 누가 그래?"

"내가 들은 게 있는데 어디서 발뺌이야? 나도 메이저 리그에 올라가면 타석마다 보너스가 나오는데 너라고 없을까?"

"그, 그건……."

"말해. 얼마 받았어? 출장 경기마다 받는지 이닝마다 받는지는 몰라도 5만 달러 정도는 챙겼을 거 같은데?"

"헉. 귀신같은 놈."

"그러니까 잔말 말고 지갑 열어, 짜샤."

안승혁은 정말로 박건호를 끌고 고급스러운 레스토랑으로 들어갔다. 그리고 스테이크를 종류별로 네 접시나 주문했다.

"야, 우리 이거 다 못 먹어."

"무슨 헛소리야?"

"……?"

"이거 다 내가 먹을 거야. 너 먹고 싶은 건 알아서 주문하라고."

"허……!"

"뭐야? 그 표정은. 그래도 양심은 있어서 적당히 시켰는데 확 와인 하나 까?"

"아, 아니. 정말 정말 정말 고맙다고, 인마."

"그래, 그렇게 나와야지. 그런 의미에서 너도 제대로 주문해. 괜히 돈 아낀답시고 사람 불편하게 하지 말고."

"알았다, 인마."

생각 이상으로 비싼 메뉴판에 식욕이 뚝 하고 떨어졌지만 박건호는 어쩔 수 없이 스테이크를 두 접시 주문했다. 한 접시만 주문하자니 안승혁이 맛있게 고기를 써는 모습을 한참 동안 지켜봐야 할 것 같았다.

그런 줄도 모르고 안승혁이 박건호의 염장을 질러댔다.

"너 양 많이 줄었다."

"그러냐?"

"그런데 두 접시로 되겠냐? 그냥 두 접시 더 시키지 그래? 너 나보다 빨리 먹잖아."

"미국에 와서 식습관 바꿨다. 이제는 천천히 꼬옥 꼭 씹어 먹는다."

"어째 나 들으라고 하는 소리 같은데?"

"아니거든? 그건 그렇고 넌 아직 소식 없냐?"

쓰린 속을 달래며 박건호가 화제를 돌렸다. 그러자 이번에는 안승혁의 표정이 우울하게 변했다.

"나도 모르겠다."

"왜? 지난달에 단장이 한번 보러 왔다며?"

"그야 정기적으로 얼굴 도장 찍는 거였지."

"그날 잘 쳤다며?"

"후우……. 그때 홈런을 쳤어야 했는데. 젠장."

안승혁이 무겁게 한숨을 내쉬었다. 에인젤스에 입단한 이후 고작 반년 만에 모빌(에인젤스 산하 더블 A 구단)까지 올라왔지만 메이저 리그 입성은 아직 멀기만 했다.

"조금만 더 고생해라. 그래도 9월에는 올라오겠지."

박건호가 애써 안승혁을 위로했다. 에인젤스 사정상 갑자기 콜업이 되길 기대하긴 어렵겠지만 9월 엔트리 확대라면 충분히 승산이 있어 보였다.

"그래야지. 나도 그땐 꼭 한 번 메이저 리그 무대 밟고 싶다."

안승혁이 들고 있던 포크를 힘껏 움켜쥐었다. 그때 젊은 남자 종업원이 애피타이저를 가지고 나왔다.

"실례지만 혹시 다저스의 건 아닌가요?"

접시를 내려놓으며 종업원이 조심스럽게 물었다.

"아, 네. 다저스 팬이세요?"

박건호가 냉큼 입가에 미소를 그렸다. 혹시라도 밖에서 팬들을 만날 때면 환하게 웃어야 하는 게 메이저 리그 선수들의 기본 에티켓이었다.

"그럼요. 저는 물론이고 제 아들도 다저스의 열렬한 팬입니다."

"부자가 한 팀을 응원한다니 멋지네요. 아들 이름이 뭐예요?"

"팀입니다. 그리고 제 이름은 에디슨이고요. 괜찮다면 나가실 때 사인 좀 부탁해도 될까요?"

"물론이에요, 에디슨."

"사진 촬영까진 어렵겠죠?"

"하하. 저 같은 루키와 사진을 찍어준다면 제가 더 고맙죠."

"고마워요, 건. 주방에 가서 자랑해야겠어요."

박건호는 제법 능숙하게 팬들을 다뤘다. 물론 말투는 조금 어색하긴 했지만 안승혁의 눈에는 전혀 다른 사람처럼 보였다.

"야, 너 장난 아니다?"

"이 정도 가지고 뭘."

"그런데 그건 어디서 배운 거야? 브라 형이 가르쳐 준 거야? 아니면 구단에서 따로 교육이라도 받았어?"

"아니, 그런 인간 있어. 내 전담 잔소리꾼."

"전담 잔소리꾼? 아, 네 전담 포수?"

"응, 아주 나만 보면 잔소리가 끊이질 않는다니까."

오스틴 번 이야기가 나오자 박건호가 질색을 했다.

하지만 안승혁은 박건호와 오스틴 번이 단짝이라는 사실을 브라이언 최에게 들어 알고 있었다.

아니, 듣지 않았다 하더라도 배터리로서 호흡을 맞추는 걸 보면 상당히 가까운 느낌이 들었다.

"넌 좋겠다. 친구도 있고."

"친구 아니라 잔소리꾼이라니까."

"어쨌든 인마. 난 다들 나 못 잡아먹어서 안달인데."

안승혁은 또다시 박건호가 부러워졌다. 자신은 메이저 리그에 올라가기 위해 무한 경쟁 중인데 박건호는 벌써 메이저 리그에 적응을 끝내 버린 것 같은 느낌마저 들었다.

하지만 경쟁이 고달픈 건 박건호도 마찬가지였다.

"네가 몰라서 하는 소리야. 나 다음 경기도 죽 쑤면 다시 오클라호마시티로 내려갈지도 모른다고."

박건호가 나직이 한숨을 내쉬었다. 자신보다 힘든 안승혁 앞에서 푸념하고 싶진 않았지만 메이저 리그에서 선발로 버틴다는 게 말처럼 쉬운 일이 아니었다.

"그게 무슨 소리야? 너 선발 확정된 거 아니었어?"

"확정은 무슨. 그냥 로키즈전 덕분에 한두 경기 더 기회 얻은 것뿐이야."

"그래도 지금 다저스 선발 투수들 중에서 슬레이튼 커쇼 빼고 너만큼 던지는 투수도 없잖아?"

"너 어디 가서 그런 소리 하면 욕먹는다."

"내가 뭐 틀린 말 했나?"

"어쨌든. 지금 좀 위험해. 진짜 다음 경기에서 잘 던져야 한다고."

"등판 일정은 잡혔고?"

"응, 화이트삭스전."

"화이트삭스전이라고? 그럼 너 며칠을 쉬는 거야?"

안승혁이 박건호를 대신해 손가락을 꼽았다. 그러고는 입을 쩍 하고 벌렸다.

박건호는 지난 다이아몬드 백스와의 3연전 마지막 경기에 등판했다. 이후 올스타전을 앞둔 지금까지 4일을 쉰 상태였다.

다저스가 기존의 선발 로테이션을 고수했을 때 다음 번 박건호의 선발 등판일은 말린스와의 두 번째 경기였다.

후반기 첫 시리즈이고 원정 경기라는 부담감이 적지 않지만 전반기 막판 타격 침체에 빠지며 내셔널 리그 동부 지구 4위로 내려앉은 말린스라면 박건호에게도 충분히 해볼 만한 상대였다.

하지만 올스타 브레이크가 끼면서 다저스의 등판 일정이 완전히 꼬여 버렸다.

데빈 로버츠 감독은 말린스 원정 3연전 선발로 스캇 카이저-마에다 케이타-훌리오 유레아스를 예고했다.

본래 훌리오 유레아스를 대신해 박건호를 끼워 넣는 방안이 유력했지만 로열스 전 등판 이후 나흘 만에 올스타전에 출전하는 슬레이튼 커쇼의 휴식일을 보장해 주기 위해 박건호의 등판이 이틀 밀리게 됐다. (이동일 포함)

덕분에 박건호의 휴식일은 11일로 늘어나 있었다.

"너 이렇게 오래 쉬어도 괜찮은 거냐?"

"괜찮겠냐. 불펜 피칭을 한다고 해도 실전하고는 다른데."

"게다가 시카고 원정이잖아. 너 시카고는 처음이지?"

"처음이지. 그래서 더 걱정이다."

아직 장거리 이동이 익숙하지 않은 박건호에게 원정 경기의 부담감은 컸다.

다행히 비행기를 타면 골아 떨어져 버리는 축복받은 체질을 타고나긴 했지만 낯선 환경 속에서 마운드에 오르는 것보다는 어느새 익숙해진 다저스 스타디움에서 공을 던지는 게 백번 나았다.

"그런데 화이트삭스 원정이면 지명타자가 없겠네?"

"그렇지 않아도 투수 코치가 그 이야기 하더라. 쉬어가는 타순이 없을 테니 준비 단단히 하라고."

"그래도 화이트삭스 정도면 해볼 만하지 않냐? 지난번에 얼핏 듣기로는 지구 타격 3위던데."

"그건 아메리칸 리그 중부 지구 팀들이 워낙 방망이가 좋아서 그런 거고. 아메리칸 리그 전체로 따지면 5위권이야."

"그래? 그럼 말린스보다 화이트삭스가 더 까다로운 건가?"

"루키인 내 입장에서야 말린스나 화이트삭스나 똑같이 까다롭지. 하지만 오스틴 번은 화이트삭스가 더 힘들 거라고 하더라고."

"상대 선발은 누군데?"

"카를로스 론돈."

"론돈이면 2선발이잖아. 너무 센 거 아냐?"

안승혁의 표정이 절로 걱정스럽게 변했다. 홀로 메이저 리그에서 승승장구하고 있는 박건호가 얄미워 잔뜩 벗겨먹을 생각이었는데 막상 이야기를 들어보니 식사를 사줘야 할 것 같은 기분이 든 것이다.

하지만 안승혁의 뻔한 주머니 사정으로는 한 접시에 150달러나 하는 음식 값을 감당하기 어려웠다.

"미안하다."

"네가 왜? 괜히 쓸데없이 밥을 사네 마네 했다간 정말 뜯어먹어버릴 테니까 그런 줄 알아라."

"그럼 오늘은 염치없지만 얻어먹으마."

"그래. 우울한 이야기는 나중에 하고, 기왕 좋은 데 왔으니까 맛있게 먹자."

때마침 요리가 나오자 박건호와 안승혁은 대화를 중단하고 식사에 열중했다.

서걱. 서걱.

서걱. 서걱.

경쟁하듯 움직이는 나이프가 오싹한 소음을 만들어냈다.

그리고 채 20분이 지나지 않아 테이블을 가득 채웠던 스테이크 접시들이 깨끗이 비워졌다.

3

"오랜만에 한판 어때?"

"밥 먹고 바로?"

"와, 박건호. 메이저리거 됐다고 뺀다 이거지?"

"그래. 알았다, 알았어. 가자."

"짜식, 진즉 그럴 것이지."

안승혁이 씩 웃으며 박건호를 잡아끌었다. 그리고 식당 근처에 있던 타격 연습장으로 향했다.

"뭐야? 배팅볼 치자고?"

"그럼 내가 설마 시즌 중에 네 공 치자고 할 줄 알았냐?"

"고맙긴 한데 여긴……."

타격 연습장을 쓱 둘러보던 박건호가 눈을 끔뻑거렸다. 가는 날이 장날인지는 모르겠지만 8개의 배팅 케이지에는 덩치 좋은 사내들이 한 자리씩 차지하고 있었다.

게다가 그 뒤에도 순번을 기다리듯 사람들이 줄을 서서 기다리고 있었다.

따악! 따악! 따악!

연달아 울리는 경쾌한 타격 소리가 박건호에게는 꼭 총소리처럼 들렸다.

"야, 다른 데 가자."

박건호가 미간을 찌푸렸다. 하지만 안승혁은 요지부동이었다.

"건호야, 형이 여길 왜 오자고 했겠냐?"

"뭔 소리야?"

"저쪽을 봐라. 저기 쭉빵이들이 저렇게 많은데 다른 데를 가자고? 그게 지금 메이저리거가 되어서 할 소리냐? 응?"

안승혁이 턱으로 한쪽 구석을 가리켰다. 그 곳에는 무더워진 LA 날씨에 너무나 잘 어울리는 옷차림의 늘씬한 여자들이 잔뜩 모여 있었다.

"쟤들은 뭐야?"

"뭐긴. 딱 보니 근처 대학교 운동부 녀석들이 폼 좀 잡아보겠다고 단체로 몰려온 거지. 뭐."

"그럼 쟤들은 치어리더냐?"

"빙고! 그러니까 딴 데 가잔 소리 마라. 우리 우정에 금가기 싫으면."

안승혁은 으름장을 놓고는 가장 구석 자리 쪽으로 다가갔다. 그러자 그곳에 서 있던 세 명의 사내가 기다렸다는 듯이 안승혁을 에워쌌다.

"야, 너 뭐야?"

"뭐긴 뭐야? 배팅 볼 치러 온 사람이지."

"우리 줄 서 있는 거 안 보여?"

"좋은 말로 할 때 다른 데 가라."

"좋은 말로 못 하면? CCTV가 이렇게 많은 곳에서 나하고 힘 싸움이라도 해보겠다 이거야?"

안승혁이 끼고 있던 팔짱을 풀었다. 그러자 가뜩이나 우람한 상체가 더욱 도드라져 보였다.

"저 자식은 밥 먹고 웨이트만 했나."

뒤에서 보고 있던 박건호도 혀를 내둘렀다. 한국에 있을 때도 짐승이라는 별명이 붙을 정도로 몸이 좋았었는데 고작 몇 개월 사이에 몸이 더욱 탄탄해져 있었다.

이런 안승혁을 상대로 시비를 건다는 건 덩치 좋은 서양인들에게도 쉬운 일이 아니었다.

"그래서? 네가 하고 싶은 말이 뭔데?"

"순서는 기다리지. 하지만 케이지를 독점하는 건 용납 못 해."

"네가 뭔데 용납을 하네 마네 떠드는 거야?"

"그게 싫으면 저기 낮잠을 자고 있는 관리인을 부르지."

당장에라도 케이지 안에서 방망이를 꺼내 들 것처럼 굴던 안승혁이 관리인을 운운하자 사내들의 얼굴에도 당혹감이 번졌다.

실제 케이지 앞에는 기다리는 사람이 있을 경우 순서를 양보해야 한다고 명시가 되어 있었다. 여러 사람이 몰려 와 케이지를 독점하는 건 불가능하다는 조항도 덧붙여져 있었다.

이런 상황에서 관리인이 끼어들어 봐야 좋을 건 하나도 없었다.

"앤더슨한테 말할까?"

"야, 됐어. 무슨 이런 일로 앤더슨한테 말해?"

"그럼 어쩌자고?"

"그냥 치라고 해. 한두 번 치면 돌아가겠지."

"네가 그걸 어떻게 알아?"

"멍청아, 여기 엄청 어려운 곳이잖아."

"아! 그랬지 참."

자신들끼리 쑥덕거리던 사내들이 동시에 의미심장한 미소를 지었다. 그러고는 선뜻 안승혁에게 자리를 양보했다.

"그렇게 치고 싶으면 먼저 쳐라."

"오호, 진심이야?"

"그래, 한 번이고 두 번이고 쳐 봐. 대신 5개 이상 못 치면 군소리 말고 꺼져라. 알았지?"

"5개? 15개 중에서 5개를 때려내라 이거지? 오케이. 좋아."

안승혁도 군말 없이 고개를 끄덕였다. 때마침 타격을 마친 사내가 케이지 문을 열고 나왔다.

"넌 뭐야?"

"뭐긴 뭐야. 네 다음 차례지."

"뭐?"

사내가 어처구니없다는 얼굴로 동료들을 바라봤다. 그러다 뭔가 사인을 받고는 쓴웃음을 지으며 자리를 비켜주었다.

"건호야! 이쪽으로 와서 잘 봐둬라. 여기 장난 아니니까."

케이지에 들어간 안승혁이 박건호에게 손짓했다. 어지간한 이들 같았다면 덩치 좋은 백인 사내가 넷이나 모여 있는 케이지 근처로 다가오지 못했겠지만.

"그래봐야 배팅볼이지."

박건호의 체격도 안승혁 못지않게 건장한 편이었다.

"저, 저 자식도 한패야?"

"젠장. 저놈도 만만치 않아 보이는데?"

박건호가 다가오자 오히려 백인 사내들의 눈빛이 흔들렸다. 덩치만 컸지 제대로 주먹조차 휘두르지 못하는 그들의 눈에는 조금 전에 시비를 걸었던 안승혁만큼이나 박건호가 위협적으로 느껴진 것이다.

"괘, 괜찮아. 신경 쓸 거 없어. 저 자식, 분명 제대로 못 칠

게 뻔해."

"여긴 앤더슨도 3개 이상 못 맞히는 곳이잖아. 저 녀석은 잘해야 한두 개나 맞힐 거야."

야구 연습장의 배팅케이지 중 가장 오른쪽 구석에 있는 녀석은 대부분 최고의 난이도로 설정되어 있었다.

특히나 이곳 '스터프'의 8번째 배팅케이지는 하드코어 프로그램으로 유명했다.

최고 구속 93mile/h(≒149.7㎞/h)의 포심 패스트볼과 85mile/h(≒136.8㎞/h)의 슬라이더, 78mile/h(≒125.5㎞/h)의 커브가 번갈아 가며 날아들었다.

게다가 코스도 제각각이었다. 스트라이크존을 9구역으로 나누어 랜덤으로 공이 날아들다 보니 실제 대학교에서 야구 좀 한다는 선수들조차 제대로 공을 맞춰내지 못했다.

사내들은 안승혁도 다른 이들처럼 이 8번 케이지의 희생양이 될 거라 단언했다.

하지만 안승혁도 아무 이유도 없이 '스터프'를 찾아와 8번 케이지에 다가선 게 아니었다.

"건호야, 잘 봐라. 이 형의 실력을."

시큰둥한 얼굴로 서 있는 박건호를 쓱 바라본 뒤 안승혁이 방망이로 스타트 버튼을 눌렀다.

드르르르륵.

저쪽 어디에선가 기계 돌아가는 소리가 들려왔다.

그러더니.

후앗!

새하얀 공이 총알처럼 날아들었다.

'빠르다!'

순간 박건호의 눈동자가 살짝 커졌다. 백인 사내들이 쑥덕거릴 때 93mile/h이라는 소리를 얼핏 듣긴 했지만 케이지 뒤쪽에서 본 구속은 그것보다 조금 더 빠르게 느껴졌다.

놀란 건 다른 백인 사내들도 마찬가지였다.

"뭐, 뭐야? 저거 왜 저렇게 빨라?"

"설마 저 미친 녀석. 프로그램을 B로 변경한 거 아냐?"

"B? A도 극악인데 B를 골랐다고?"

"맞아. 저건 조금 전에 내가 쳤던 공보다 더 빠르다고. 저거 프로그램 B야. B가 확실해."

백인 사내들이 이해할 수 없다는 눈으로 안승혁을 바라봤다. 관리인의 도움 없이 프로그램까지 조작을 할 정도라면 '스터프'가 처음은 아니라는 소리였다.

그런데 8번 케이지에 프로그램 B라니.

대체 무슨 꿍꿍이인지 이해가 가질 않았다.

바로 그때.

후앗!

두 번째 새하얀 공이 날아들었다.

'슬라이더!'

박건호가 눈을 깜빡거렸다. 그러자 안승혁이 기다렸다는 듯이 방망이를 내돌렸다.

따악!

순간 어마어마한 타격 소리가 장내에 울려 퍼졌다. 그 소리가 어찌나 크던지 의자에 기대어 잠을 퍼 자고 있던 관리인이 소스라치게 놀라며 몸을 일으킬 정도였다.

"오~ 안승혁, 살아 있는데?"

군더더기 없는 깔끔한 타격에 박건호도 고개를 끄덕거렸다.

"짜식, 뭘 이 정도 가지고."

안승혁이 어깨를 으쓱거리며 방망이를 추켜들었다. 그러고는 3구째 날아든 커브를 정확하게 받아쳐 냈다.

따악!

이번에도 묵직한 타격 소리가 연습장을 흔들어 놓았다.

"뭐, 뭐야? 커브까지 받아쳤잖아!"

"저 자식 야구부야. 야구부가 틀림없다고!"

안승혁을 우습게 봤던 백인 사내들의 얼굴도 덩달아 흔들렸다.

이후에도 안승혁은 메이저 리그에 콜업되지 못한 스트레스를 풀 듯 타격을 이어 나갔다.

따악! 따악! 따악!

연달아 울리는 대포 소리에 다른 케이지에서 부지런히 방망이를 휘두르던 사내들도 정신을 차리지 못했다.

"젠장! 저 자식 뭐야?"

특히나 치어리더들이 지켜보는 가운데 81mile/h(≒130.4km/h)의 포심 패스트볼에 연달아 헛스윙을 하고 만 앤더슨의 표정은 벌겋게 달아올라 있었다.

"제이크! 저쪽 좀 조용히 시키고 와!"

앤더슨이 뒤에 서 있던 덩치 큰 흑인 사내에게 소리쳤다.

그러자 흑인 사내, 제이크가 살짝 미간을 찌푸리고는 8번 케이지 쪽으로 걸음을 옮겼다.

하지만 제이크를 보낸 이후에도 요란한 타격 소리는 끊이질 않았다.

"젠장! 저 자식들이!"

참다못한 앤더슨이 방망이를 내던지고 케이지를 나섰다. 그러다 저만치 멀뚱히 서 있는 제이크를 발견하고는 버럭 악을 내질렀다.

"제이크! 지금 뭐 하고 있는 거야!"

"아, 대장. 그게 아니라······."

"너 내가 조용히 시키라고 했어 안 했어?"

"그게……. 우리 부원이 아니라서."

"뭐? 그게 무슨 소리야?"

앤더슨이 미간을 찌푸리며 눈을 돌렸다.

그 순간.

따악!

더욱 요란스러워진 대포 소리가 귓가를 쩌렁하게 울렸다.

"저 자식…… 정체가 뭐야?"

뒤늦게 안승혁을 발견한 앤더슨의 눈매가 잔뜩 일그러졌다. 체격은 둘째 치고 공을 쪼개듯 정확하게 방망이를 내돌리는 모습이 일반인처럼 느껴지지 않았다.

"그렇지 않아도 조이한테 물어봤는데 잘 모르겠다는데."

"조이가 누구야?"

"후우……. 저기 저쪽에 있는 코 큰 녀석."

"저 녀석도 우리 럭비부였어?"

"앤더슨, 제발 부탁이니까 부원들 얼굴은 좀 기억해라."

"내가 주전도 아닌 녀석들 얼굴을 일일이 기억해야 해?"

"어쨌든. 그냥 와서 자신들도 좀 쳐 보겠다고 밀어붙인 모양이더라고."

"그러니까 강제로 빼앗았다 이거지?"

"그것까지는 잘 모르겠는데."

"그게 그거 아냐?"

앤더슨이 고개를 돌려 자신을 바라보고 있던 사내들에게 손짓을 했다. 그러자 사내들이 조직 폭력배라도 되는 것처럼 앤드슨의 뒤쪽으로 우르르 몰려들었다.

"야, 야. 승혁아. 그만하고 가자."

분위기가 심상치 않자 박건호가 냉큼 안승혁에게 소리쳤다. 하지만 막 마지막 공에 방망이를 휘두르던 안승혁의 귀에는 박건호의 말이 들리지 않았다.

"어떠냐! 이 형님의 솜씨……?"

안승혁이 타격을 마쳤을 때는 이미 앤드류와 럭비 부원들이 8번 케이지를 에워싼 뒤였다.

"뭐야? 8번 케이지가 이렇게 인기 만점이었어? 그럼 진즉 말을 하지. 괜히 팔 아프게 두 번이나 쳤잖아."

케이지에서 걸어 나오며 안승혁이 능청스럽게 말했다.

하지만 앤더슨은 이대로 안승혁을 보내줄 마음이 없었다.

"야, 너!"

"나?"

"그래. 검은 머리, 너."

"지금 날 부른 거 맞지?"

"말장난 하지 말고 여기 내 친구한테 사과해. 어서."

"사과라니? 무슨 소리를 하는 거야?"

"네가 멋대로 자리를 빼앗았다며? 그럼 사과해야 하는 거 아냐?"

앤더슨의 억지에 안승혁이 코웃음을 쳤다. 보아하니 인원수를 앞세워서 자존심을 세워보고 싶은 모양인데 치어리더들까지 지켜보는 상황에서 이대로 물러날 수는 없는 노릇이었다.

"누가 그래? 억지로 자리를 빼앗았다고? 오히려 다른 사람은 사용하지도 못하게 너희가 독점하고 있었던 거 아냐?"

"무슨 헛소리를 하는 거야!"

"헛소리는 네가 하는 게 헛소리고. 여자애들 앞에서 폼 잡고 싶으면 정정당당하게 덤벼봐. 자, 네 실력 좀 한번 보자."

안승혁이 비어 있는 케이지 쪽을 가리키며 웃었다. 그러자 앤더슨이 발끈하며 소리쳤다.

"네가 유리한 종목으로 겨루자면서 정정당당이란 말이 나오냐!"

"그럼 뭐? 뭘로 할까?"

"그렇게 자신 있으면 럭비로 해. 아주 박살을 내줄 테니까."

"하하. 그건 싫은데? 여긴 타격 연습장이잖아. 여기서 할 수 있는 걸 해야지, 멍청아."

"뭐? 멍청이?"

"너 아까 보니까 저기 1번 케이지에서 열심히 치더라? 그런데 저 애들은 알아? 1번 케이지가 '스터프'에서 제일 쉬운 케이지라는 거?"

"누, 누가 그래! 난 난이도 높은 프로그램으로 쳤거든?"

"그러니까. 그렇게 자신 있으면 여기서 한번 쳐 보라고. 아, 물론 내가 조금 유리하니까 내가 핸디캡을 받지. 너는 포심 패스트볼만 쳐. 나는 랜덤으로 칠 테니까. 어때? 이러면 할 만하지 않겠어?"

그 모습을 지켜보던 박건호는 속으로 코웃음을 쳤다.

'으이그, 이 멍청아. 그런 뻔한 수에 쟤들이 넘어오겠냐.'

이건 현직 야구 선수가 벌이는 그럴 듯한 사기극이나 다름없었다. 하지만 앤더슨은 흔쾌히 고개를 끄덕여 버렸다.

"좋아! 대신 조건이 있다."

"조건? 뭐?"

"만약에 내가 이기면 너희 둘, 내 가랑이 밑을 기어."

앤더슨이 발아래를 손가락으로 콕콕 가리키며 말했다. 그렇게 하면 안승혁이 발끈해 달려들 거라 기대한 것이다.

하지만 안승혁도 험난한 마이너리그를 인내심 하나로 버텨 온 선수였다.

"좋아, 기어주지. 두 번도 좋고 세 번도 좋고. 네가 만족할 때까지 기어주마. 대신 내가 이기면 저기 저 여자애들 연락처 좀 줘라."

"……뭐?"

"아, 네 여자 친구는 빼고. 설마 쟤들하고 다 사귀는 건 아닐 거 아냐. 안 그래?"

"크으으! 이 빌어먹을 자식! 그 말, 후회하게 만들어주마."

앤더슨은 씩씩거리며 8번 케이지 안으로 들어갔다. 그리고 안승혁만큼이나 능숙하게 프로그램을 조작했다.

난이도는 쉬움.

구종은 포심 패스트볼 고정.

여기까진 좋았는데 구속이 말썽이었다.

'젠장할. 최하가 90마일이라니.'

앤더슨이 미간을 찌푸렸다. 1번 케이지의 81mile/h(≒130.4km/h)짜리 포심 패스트볼도 겨우 맞춰내는 상황에서 90mile/h(≒144.8km/h)짜리 포심 패스트볼을 상대해야 한다는 게 상당한 부담으로 다가왔다.

하지만 그것도 잠시.

"앤더슨! 힘내!"

"네가 이길 거야!"

"날 위해 이겨줄 거지?"

"앤더슨~ 사랑해!"

8번 케이지 코앞까지 다가온 치어리더들이 응원하자 앤더슨은 뭐에 홀린 듯 프로그램을 실행시켜 버렸다.

'이렇게 된 거, 5개만 때려내자.'

앤더슨은 방망이를 단단히 움켜쥐었다. 그리고 초구가 날아오기가 무섭게 힘껏 방망이를 휘돌렸다.

하지만 방망이보다 한참 먼저 홈 플레이트를 스쳐 지난 공은 두툼한 고무 패드에 부딪힌 뒤였다.

"앤더슨! 긴장하지 마!"

"넌 할 수 있어!"

럭비부 동료들까지 와서 앤더슨을 독려했다. 그러나 운동 신경 좀 있다고 해서 15km/h 가까이 빨라진 공을 금세 맞춰내기란 불가능에 가까운 일이었다.

펑!

펑!

펑!

앤더슨의 헛스윙이 계속되자 치어리더들의 표정이 굳어졌다. 럭비부 선수들도 입을 다물었다.

오직 안승혁만이 그럴 줄 알았다며 실실 웃어댔다.

물론 앤더슨도 그냥 물러서진 않았다.

따!

12번째 날아든 공을 겨우겨우 맞춰내더니.

따악!

13번째 공을 안타성 타구로 만들어내는 데 성공했다.

하지만 행운은 거기까지였다. 14번째 공과 15번째 공이 연달아 고무 패드를 때리며 앤더슨의 타석은 끝이 났다.

"이거 두 개 쳤다고 해줘야 하는 건가?"

파리해진 얼굴로 케이지를 내려오는 앤더슨을 바라보며 안 승혁이 놀리듯 말했다.

그러고는 앤더슨이 낮춰 놓은 프로그램을 최고 난이도로 높였다. 명색이 메이저 리그를 꿈꾸는 선수로서 이 정도 페널티는 감수해야 한다고 생각했다.

하지만 실제로 더 까다로운 투수들의 공을 상대해 온 안승혁에게 하드코어 프로그램은 아무것도 아니었다.

따악!

안승혁은 초구에 빠르게 날아든 공을 힘껏 잡아당겨 홈런성 타구를 만들어냈다. 그리고 2구째 들어온 슬라이더도 타이밍을 맞춰가며 장타성 코스로 밀어냈다.

"젠장할!"

시작부터 안승혁이 2개의 안타를 때려내자 앤더슨의 얼굴이 와락 일그러졌다. 그러자 뒤쪽에 서 있던 얼굴이 긴 사내, 조단이 앤더슨에게 다가가 말을 붙였다.

"앤더슨, 내가 보기에 저 녀석 야구 선수야."

"뭐? 그게 확실해?"

"내가 중학교 때까지 야구를 해봐서 아는데 임팩트 순간에 힘을 싣는 건 쉽게 흉내 낼 수 있는 게 아니라고."

"젠장! 어쩌지!"

"그래서 말인데…… 너도 선수를 한 명 부르는 게 어때?"

"지금 장난해?"

"그럼 이대로 우리 여신들의 전화번호를 고스란히 넘겨줄 거야?"

조단이 턱으로 치어리더들 쪽을 가리켰다. 조금 전까지 앤 더슨을 응원하던 그녀들이 어느새 안승혁이 펼치는 호쾌한 타 격 쇼에 푹 빠져 있었다.

"저 녀석이 선수인 걸 숨겼잖아! 그럼 이 내기는 무효 아냐?"

"이제 와서 따진다고 해서 저 녀석들이 인정하려 들겠어? 그러니까 재경기를 하자고 해봐."

"재경기?"

"그래, 2 대 2로. 저 녀석은 잘 치는 거 같지만 저기 저쪽에 있는 녀석은 느낌상 투수거든. 그러니까 저 녀석만큼 잘 치지 는 못할 거야."

"오호, 그러니까 내가 저 녀석을 맡고 저 괴물 같은 녀석은 선수에게 맡기자? 그런데 저 녀석을 이길 만한 선수가 있어?"

"있어, 마크 타일러라고. 이 근방에서는 알아주는 야구 선 수라고."

"마크 타일러? 타일러? 어디서 많이 들어본 이름인데?"

"네가 이번에 점찍었다는 레나 타일러."

"그 이야기가 여기서 왜 나와?"

"마크 타일러가 UCLA에 다니는 레나 친오빠라고."

"아, 그래?"

레나 타일러의 이야기가 나오자 앤더슨의 표정이 달라졌다. 훈련이 끝나고 선수들과 다 함께 타격 훈련장에 온 것도 레나 타일러에게 자신의 새로운 모습을 보여주기 위해서였다.

"그래서, 나더러 레나한테 도움을 청하라고?"

"아니, 마크 타일러는 우리 형 친구야. 내가 충분히 불러올 수 있어."

"그럼 진즉 그렇게 말했어야지!"

"어쨌든 중요한 건 네가 마크 타일러와 함께 저기 두 악당을 물리치는 거지. 그럼 네 자존심도 회복되는 거고 마크 타일러와 친해질 수도 있는 거고."

"겸사겸사 레나의 마음도 얻을 수 있다, 이거야?"

"그래서 말인데 잘되면, 나 미첼하고 연결 좀 시켜줘."

"뭐? 네가 미첼하고?"

"어차피 넌 미첼하고 헤어졌잖아. 그러니까 나한테 넘겨줘. 그럼 나도 너하고 레나가 잘되게 최선을 다해 도울게. 어때?"

조단의 제안에 앤더슨이 잠시 고심에 빠졌다. 대외적으로 헤어진 것으로 알려지긴 했지만 미첼과는 아직도 끈적끈적한 관계를 유지하고 있었다.

하지만 정말로 레나 타일러와 잘 될 수 있다면?

그때는 이야기가 달라질 수밖에 없었다.

"좋아. 대신 확실히 도와야 해."

"물론이지. 나만 믿으라고."

"그런데 마크 타일러를 부를 수 있기는 한 거야?"

"그럴 줄 알고 아까 메시지를 보내봤는데 이 근처에서 밥을 먹고 있더라고. 마크 타일러도 이런 내기를 엄청 좋아하니까 아마 이야기하면 금방 올 거야."

"그래? 좋았어."

앤더슨이 만족스런 얼굴로 웃었다. 그러고는 타격을 끝낸 안승혁에게 따지듯 물었다.

"이건 반칙이야."

"뭐야? 지금껏 생각해 낸 핑계가 고작 그거야? 대체 뭐가 반칙인데?"

"솔직히 말해 봐. 너 야구 선수지?"

"그래서?"

"야구 선수가 일반인과 야구로 겨루는 게 스포츠맨십에 맞다고 생각하는 거야?"

"후우……. 그래서 저기 저 쭉빵…… 아니, 예쁜 여자들 연락처는 가르쳐 주지 못하시겠다?"

"네가 거짓말을 했으니까 경기 다시 해."

"다시? 어떻게?"

"나도 내가 아는 야구 선수를 데려올 테니까 팀 대결을 하자고."

"팀? 2 대 2로?"

"그래."

"뭐 나야 상관은 없는데…… 설마 메이저 리그 선수를 데려오거나 하는 건 아니지?"

"고작 이런 내기에 메이저 리그 선수들이 올 거라고 생각하는 거야?"

앤더슨이 어처구니없다는 얼굴로 말했다.

하지만 안승혁은 LA에서 다저스의 슈퍼 루키인 박건호를 알아보지 못하는 앤더슨이 더 어처구니없게 느껴졌다.

"좋아, 그렇게 하지."

안승혁이 대수롭지 않게 고개를 끄덕이고는 박건호에게 다가갔다. 그러자 박건호가 기다렸다는 듯이 잔소리를 늘어놓았다.

"내가 이럴 줄 알았다. 그러게 아까 그냥 갔으면 좋았잖아!"

"이렇게 된 거, 누굴 데려오나 한번 보자고."

"그러다 정말 대단한 선수라도 오면 어쩌려고 그래?"

"야, 메이저리거들이 그렇게 한가한 줄 아냐?"

"네 눈앞에 있는 나도 일단은 메이저리거거든?"

"어쨌든! 설사 메이저리거가 왔다고 쳐! 내가 에인젤스 소속이고 네가 다저스 소속인데 설마 우리 얼굴 보고 끼려고 하겠냐?"

안승혁의 그럴듯한 말에 박건호도 이내 고개를 주억거렸다. 생각해 보면 대부분의 메이저리거는 가족들과 시간을 보내느라 정신이 없었다.

설사 앤더슨 패거리가 메이저리거를 알고 있다 하더라도 이곳까지 친히 찾아와 줄 가능성은 0에 가까웠다.

"어쨌든, 너도 몸 좀 풀고 있어라."

"젠장. 내가 여기까지 와서 배팅볼 쳐야겠냐?"

"그게 싫으면 마운드에 올라가서 나하고 100구 내기 하든지."

"젠장! 너 지기만 해봐."

박건호가 어쩔 수 없이 8번 케이지에 들어갔다. 그러자 안승혁이 따라 들어와 앤더슨과 똑같은 조건으로 설정을 해주었다.

"어차피 넌 포심만 치면 돼. 처음에는 타이밍만 맞춰 봐. 무턱대고 휘두르다 기운 빼지 말고. 알았지?"

"이놈의 잔소리는 어딜 가도 끊이질 않네."

박건호가 불만 가득한 얼굴로 방망이를 들어 올렸다.

그 순간.

"풉!"

"저게 뭐야? 무슨 자세가 저래?"

치어리더들과 럭비부 선수들의 입에서 동시에 웃음이 터져 나왔다.

'젠장. 내가 이럴 줄 알았다니까.'

박건호는 순간 얼굴이 벌게졌다. 왠지 이럴 것 같아서 조용한 타격 연습장으로 가려고 했던 건데 안승혁 때문에 놀림감이 된 기분이었다.

퍼엉!

그사이 초구가 빠르게 지나 고무 패드에 부딪쳤다.

"젠장!"

박건호가 이를 악물고 2구를 쳐 내려 했지만 생각했던 것보다 공의 움직임이 훨씬 좋았다.

"뭐야, 저 녀석. 전혀 못 치잖아?"

혹시나 하고 박건호를 지켜보던 앤더슨도 코웃음을 쳤다.

반면 안승혁은 생각보다 훨씬 엉성한 박건호의 타격에 걱정을 금치 못했다.

"야, 건호야! 너 왜 이래? 고등학교 때 이 정도는 아니었잖아!"

"닥치고 있어 줄래?"

"야, 인마! 잘 좀 해! 너 때문에 저 자식 가랑이 밑을 기게 생겼다고!"

"거참! 입 안 다물어?"

박건호와 안승혁이 실랑이를 하는 사이 덩치 큰 백인 사내가 나타났다.

"뭐야? 오빠가 여길 왜 왔어?"

마크 타일러를 발견한 레나 타일러가 깜짝 놀라 소리쳤다.

하지만 마크 타일러는 여느 말 많은 여동생이 있는 오빠들처럼 레니 타일러를 대놓고 무시해 버렸다. 그러고는 안면이 있는 조단에게 다가갔다.

"늦진 않았지?"

"잘 왔어요, 마크. 저 녀석들이에요."

"그래? 덩치가 제법 좋은데?"

"덩치만 좋은 게 아니라 실력도 좋아요. 하드코어 프로그램을 거의 다 때려냈다고요."

"뭐? 그럼 아마추어 레벨은 아닌데? 메이저 리그 선수인 거 아냐?"

마크 타일러가 미심쩍은 눈으로 안승혁에게 다가갔다. 그러다 안승혁이 자신이 알고 있는 누군가와 인상이 똑같다는 사실을 알아채고는 화들짝 놀라며 소리쳤다.

"안! 안 맞죠? 지난겨울에 에인젤스와 계약한!"

"아, 네. 맞는데……."

"저 에인젤스 광팬이에요! 우와, 여기서 안을 보게 될 줄은 몰랐어요."

"하하하……. 나도 여기서 내 팬을 보게 될 줄은 몰랐네요."

"그런데 여기서 뭘 하고 있는 거예요? 오늘 쉬는 날이에요?"

"아, 친구 좀 만나러 나왔어요. 그런데 저 친구들이 부른 게 혹시……."

"마크 타일러예요. 편하게 마크라고 불러주세요."

"아, 네. 저 친구들이 부른 게 혹시 마크인가 해서요."

안승혁이 건너편을 향해 눈을 돌렸다. 자연스럽게 마크 타일러의 시선도 앤더슨과 조단 쪽으로 움직였다.

"아……. 그게…… 제가 저 녀석 오빠거든요. 근데 여기에 저보다 실력 좋은 야구 선수가 있다고 해서 겸사겸사 와봤습니다."

"아, 그래요?"

"네. 참, 저는 UCLA에 다니고 있습니다. 3학년이고요."

"대학교 야구 선수면…… 저보다 나이가 많은데요?"

"하하. 야구에 나이가 중요한 건 아니니까요. 뭐, 안이 제 나이 때문에 불편하다면 친구처럼 대해줘도 좋아요."

"친구요?"

"그래주면 저야 영광이죠."

박건호 앞에서 앓는 소리를 늘어놓던 것과는 달리 안승혁은 에인젤스 팜에서도 실력 있는 유망주로 손꼽히고 있었다.

좋은 체격과 장타력. 거기에 좌타자라는 이점까지 안승혁은 입단 때부터 몇몇 눈썰미 좋은 팬의 주목을 받아왔다.

그러다 좌익수로 포지션 변경에 어느 정도 성공하면서 에인젤스 야수 팜 내 열 손가락 안에 드는 유망주로 꼽히고 있었다.

에인젤스 입단이 꿈인 마크 타일러에게 안승혁은 일종의 롤 모델이나 다름없었다. 데뷔 1년 만에 루키와 싱글 에이, 하이 싱글 에이를 거쳐 더블 에이까지 올라 메이저 리그를 넘보는 안승혁처럼 자신도 마이너리그에서 차근차근 실력을 쌓아 에인젤스 팜 내 핵심 유망주로 성장하고 싶었다.

"참, 괜찮으면 내 타격 좀 봐 줄래요?"

"여기서요?"

"네, 8번 케이지에서요. 조단이 그러던데 안이 8번 케이지를 박살 냈다면서요?"

"하하, 박살까지는 아니고요."

"에이, 괜찮아요. 솔직히 8번 케이지 하드코어 프로그램은 야구부 동료들도 다들 부담스러워하는걸요."

"그럼…… 한번 볼까요?"

"그래주면 정말 고맙죠. 그런데…… 저 덩치 큰 사람은 누구죠? 누군데…… 아이고 맙소사. 저런 엉성한 폼으로 저기 들어가면 다칠 텐데. 혹시 안의 친구인가요?"

마크 타일러의 시선이 8번 케이지를 차지하고 있는 불청객에게 향했다.

분위기상 안승혁의 친구인 것 같아 말을 아끼긴 했지만 야구에 야 자도 모르는 것 같은 일반인이 8번 케이지 안에서 얼쩡거린다는 것 자체가 야구 선수로서 짜증이 났다.

하지만 그것도 잠시.

"젠장, 두 개밖에 못 맞혔네."

그 불청객이 케이지 문을 열고 나서자 조금 전까지 열혈 에인젤스 팬을 자처했던 마크 타일러의 표정이 달라졌다.

"오오! 맙소사! 건! 건 맞죠?"

"그, 그런데 누구……?"

"오! 하나님 감사합니다! 건! 팬이에요! 정말 이런 곳에서 건을 만나게 될 줄은 꿈에도 몰랐어요!"

덩치 큰 백인 사내가 아이돌을 본 열성 팬처럼 들러붙자 박건호가 당혹스러운 눈으로 안승혁을 바라봤다.

그러나 정작 안승혁은 박건호보다 더 큰 당혹감과 배신감에 빠져 있었다.

'젠장. 내 팬이라며!'

그렇게 '스터프'에서 있었던 작은 소동은 형편없는 타격을 펼쳤으나 현직 메이저리거인 박건호의 승리로 끝이 났다.

4

"핸드폰 번호 줘."

박건호와 안승혁의 정체를 안 앤더슨이 풀이 죽은 얼굴로 말했다. 그러자 안승혁이 반색하며 말했다.

"쟤들 번호 알려주는 거 아니었어?"

"나한테 그럴 권리가 있을 거라고 생각하는 거야?"

"하긴, 그건 나중에 문제가 될 수 있겠구나."

"어쨌든 그쪽 번호를 쟤들한테 알려주긴 할 테니까 나중에 연락 안 간다고 딴소리 마. 알았지?"

"그래, 알았어. 그런데 너 보기보다 되게 멋지다?"

"뭐……. 너도 오늘 나쁘진 않았어."

안승혁의 연락처를 받은 앤더슨이 다시 박건호에게 다가갔다.

하지만 박건호는 모르는 사람에게 연락처를 넘겨줄 생각이 없었다. 아울러 야구에 전념해도 모자랄 안승혁의 일탈을 이대로 두고 보고 싶지도 않았다.

"참, 저 녀석 여자 친구 있어."

"그게 정말이야?"

"그럼. 한국에 아주 사나운 여자 친구가 있으니까 걔하고 싸워서 이길 자신 있는 애들만 연락하라고 해."

"얼마나 사나운데?"

"걔 별명이 한국의 론다 로우지야."

"헉! 혹시 그 여자 친구가 미국에도 오는 거야?"

"물론이지. 걔 집착 장난 아니라고. 걔한테 한 번 걸리면…… 무슨 소리인지 알지?"

"추, 충분히 이해했어."

앤더슨은 박건호의 말을 고스란히 치어리더들에게 전했다. 그러자 안승혁과 달콤한 만남을 꿈꿨던 치어리더 대부분이 미간을 찌푸리며 물러나 버렸다.

그 사실도 모른 채 안승혁은 자신의 핸드폰만 연신 기웃거렸다.

"정신 좀 차려라."

보다 못한 박건호가 다가가 안승혁의 팔뚝을 때렸다. 그러자 안승혁이 팔뚝을 움켜잡으며 투덜거렸다.

"너는 모른다, 내 외로움을."

"뭐가 그렇게 외로운데?"

"내 동료들은 쉬는 날마다 여자들하고 어울리느라 정신이 없더라. 그러고서는 와서 어찌나 자랑을 해대는지 내가 아주 미칠 지경이야."

"그래서 메이저리거의 길을 포기하고 난봉꾼의 길에 접어드시겠다 이 말이냐?"

"누, 누가 그런대?"

"암튼 너 걸리기만 해. 너희 누나들한테 그대로 전해 줄 테니까."

"야, 인마! 친구끼리 이래도 되는 거냐?"

"친구니까 말리는 거야, 인마. 내일 모레면 메이저 리그 올라올 놈이 잘하는 짓이다."

"쳇!"

안승혁이 입술을 삐죽거렸다. 그렇지 않아도 모빌(에인젤스 산하 더블 A)의 연습벌레라 불리고 있는데 잠깐의 일탈 한 번에 난봉꾼 소리까지 들으니 괜히 억울해진 것이다.

하지만 박건호는 안승혁을 바른 길로 이끌 나름의 의무와 책임이 있었다.

"어쨌든 쓸데없이 여자 만날 생각 하지 말고 운동에 집중해라."

"알았다, 알았어."

"쓸데없이 어플 같은 거 하지 말고."

"알았다니까."

"그리고 혹시라도 누가 만나자고 연락 와도 만나지 말고."

"왜, 인마. 너 나 좋아하냐?"

"헛소리 말고."

"그럼 왜 오는 여자도 만나지 말라는데? 평생 가야 여자 한

명 소개시켜 주지 않을 놈이."

"누가 그래? 내가 여자를 소개시켜 주지 않을 거라고?"

"너도 모솔인데 뭘 기대하냐?"

"어쨌든 쓸데없이 한눈팔지 말고 메이저 리그만 올라와라. 그럼 내가 너랑 딱 어울릴 만한 여자 소개시켜 줄게."

"지, 진짜냐?"

"그럼, 진짜지. 아마…… 너도 보면 마음에 들어 할 거다."

"어째 확신이 없는 말투인데?"

"아니야, 인마."

박건호가 적당히 말을 얼버무렸다. 그렇다고 꿈속에서 박시은과 둘이 죽고 못 살았다는 소리를 할 수는 없는 노릇이었다.

"야, 그런데 배고프지 않냐?"

"뭐? 또?"

"뭐가 또야. 밥 먹은 지 벌써 두 시간이나 지났고만."

"두 시간밖에 안 지난 거지!"

"어쨌든 가자. 이번에는 내가 쏠게."

안승혁은 박건호를 끌고 근처 햄버거 가게로 향했다. 그리고 가장 싼 햄버거를 4개 주문했다.

"역시 햄버거는 질보다 양이야. 그렇지?"

안승혁이 단숨에 햄버거 포장지를 벗겨내고 우걱우걱 씹어 댔다. 조금 전에 먹었던 스테이크가 아직 장으로 넘어가지 않았을 텐데도 거침이 없었다.

"천천히 먹어. 그러다 체해!"

"응? 아, 그렇지. 역시 햄버거에는 콜라지."

"너 어쩌다 이렇게까지 망가진 거냐."

"너도 마이너리그에서 굴러 봐라. 나처럼 되나, 안 되나."

안승혁의 한마디에 박건호는 입을 다물었다. 솔직히 말해 박건호의 마이너리그 생활은 짧았다.

게다가 샌드 쿠팩스와 별도의 훈련을 하느라 이렇다 할 고생조차 하지 않았다.

반면 안승혁은 마이너리그의 가장 밑바닥부터 차근차근 올라왔다.

루키 리그에서 두각을 보여 곧바로 더블 에이로 올라간 것도 아니었다.

오렘(에인젤스 산하 루키 구단)에서 세 달을 머문 뒤 벌링턴(에인젤스 산하 싱글 에이 구단)에서 한 달, 다시 인랜드(에인젤스 산하 하이 싱글 에이 구단)에서 한 달.

그렇게 고생하고 모빌로 올라온 지 이제 겨우 한 달밖에 되지 않았다.

물론 마이너리그를 전전하다가 사라지는 수많은 유망주에 비해 안승혁의 성장은 빠른 편이었다.

안승혁이 좋은 모습을 보여줄 때마다 더 높은 레벨의 리그로 승격되어 왔으니 에인젤스 구단의 관심도 상당해 보였다.

그런데도 안승혁의 현실은 도저히 못 봐줄 정도였다. 돈 몇 푼 아끼기 위해 가장 싼 햄버거를 주문하고 게 눈 감추듯 해치우는 모습을 보고 있자니 절로 위화감마저 들었다.

'이번 경기 잘 던져야겠어. 마이너리그로 내려갔다간…… 나도 저렇게 될지 몰라.'

박건호가 속으로 마음을 다잡았다. 그러고는 마지막 남은 햄버거를 냉큼 집어 들었다.

"뭐, 뭐야? 아까 안 먹는다며?"

"내가 언제?"

"너 그거 진짜 먹을 거냐?"

"그럼 혼자 다 먹을 생각이었냐?"

"그러지 말고 반만 줘라. 응?"

"벌써 세 개나 처먹어놓고 그런 소리가 나오냐?"

"콩 한쪽도 나눠 먹으라는 말 못 들어봤냐?"

"뭘 코딱지만 한 걸 나눠 먹자고 그래?"

박건호는 안승혁이 보는 앞에서 햄버거를 야무지게 씹어 먹었다. 안승혁이 일부러 빈 콜라 통을 쪽쪽 빨아댔지만 결코 흔들리지 않았다.

"진짜 다 먹냐?"

"그럼."

"패스트푸드 몸에 안 좋다는 소리 안 들었냐?"

"뭐든 꼭꼭 씹어 먹으면 괜찮거든?"

"젠장, 더럽고 치사한 놈. 메이저리거란 놈이 불쌍한 마이너리거 친구 등쳐먹기나 하고."

"아까 레스토랑에서 얼마 나왔는지 한번 보여줄까?"

"됐다, 인마. 많이 처먹고 다음 경기나 잘 던져라."

안승혁의 악담 같은 덕담에 박건호가 피식 웃어 보였다.

분위기로 봐서는 '다음 경기 망쳐라'라는 말이 나와야겠지만 타지에서 함께 고생하는 처지다 보니 차마 그럴 수 없었던 모양이었다.

"짜식, 또 사람 흔들리게 하네."

박건호는 얼마 남지 않은 햄버거를 입안으로 쑤셔 넣었다. 그리고 다시 카운터로 가 가장 비싼 햄버거를 3개 더 주문했다.

"뭐야? 나 주려고 산 거야?"

"그래, 인마. 이거 먹고 너도 빨리 메이저 리그 올라와라."

"크흑. 고맙다, 친구야. 이 은혜 평생 잊지 않을게."

조금 전 자신이 주문했던 햄버거와는 비교조차 할 수 없을 만큼 두툼한 햄버거를 보며 안승혁이 눈물을 글썽거렸다.

덕분에 박건호도 다시 한번 마음을 다잡을 수 있었다.

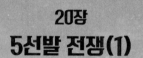

20장
5선발 전쟁(1)

1

말린스 파크에서 열린 2017년 메이저 리그 올스타전은 내셔널 리그의 4 대 3, 한 점 차 역전승으로 끝이 났다.

작년까지 아메리칸 리그에게 4연패를 당하며 상대 전적이 43승 2무 42패까지 쫓겼지만 올해 승리로 리그 간 격차를 한 경기 더 벌릴 수 있었다.

올스타전 이후 다시 이틀간의 휴식일이 주어진다. 그리고 올스타 브레이크가 끝나면 곧바로 후반기 레이스가 시작된다.

다저스의 전반기 성적은 52승 39패(0.571). 지구 우승을 했던 작년 전반기와 비교했을 때 1승을 더 챙긴 수준이었다.

지구 선두는 여전히 자이언츠였다. 자이언츠의 전반기 성적은 56승 35패(0.615). 같은 기간 2016년 성적보다 1승이 부족했다.

"전반기에 1위로 올라섰어야 했어."

앤디 프리드먼 사장이 미간을 찌푸렸다. 전반기가 끝나기 전까지 지구 1위를 탈환하겠다고 큰소리를 떵떵 쳐 놨는데 자이언츠와의 격차는 좀처럼 좁혀지지 않고 있었다.

"그래도 작년에 비하면 좋은 편이니까요. 후반기 역전승을 기대해 볼 만합니다."

파렐 자이디 단장이 웃으며 말했다. 지난해 전반기에는 자이언츠에 6경기 차이로 뒤쳐졌으니 오히려 후반 뒤집기가 쉬울 거라는 이야기였다.

하지만 후반기 레이스가 지난해처럼 진행되리라는 보장은 어디에도 없었다. 게다가 다저스는 후반기 첫 경기에 에이스인 슬레이튼 커쇼를 등판시킬 수 없는 상태였다. 슬레이튼 커쇼가 올스타전에 참가해 20여 개의 공을 던졌기 때문이다.

슬레이튼 커쇼는 전반기 막판 로열스전에 등판했다. 이후 사흘을 쉬고 올스타전에 나선 만큼 체력 회복을 위해서라도 휴식일을 최대한 보장해 주는 게 옳았다.

문제는 말린스와의 원정 3연전이었다. 가뜩이나 원정 경기

승률이 좋지 않은 상황에서 기복이 심한 스캇 카이저-마에다 케이타-홀리오 유레아스가 선발로 예정되어 있으니 좀처럼 계산이 서질 않았다.

"차라리 유레아스를 빼고 커쇼를 올리는 게 어때?"

"그렇지 않아도 그 점에 대해 데빈 로버츠 감독과 이야기를 해봤는데…… 선발 로테이션을 유지하는 게 낫겠다고 하더라고요."

"나 참, 로버드 감독은 왜 그렇게 소심한 거야?"

"아무래도 재계약이 걸려 있으니까요."

다저스가 데빈 로버츠 감독에게 보장해 준 계약 기간은 3년. 2015년부터 다저스의 지휘봉을 잡았으니 연장 계약이 없을 경우 올해가 마지막이었다.

2015년 지구 우승 및 디비전 시리즈 진출.

2016년 지구 우승 및 챔피언십 시리즈 진출.

2년 연속 팀을 지구 우승으로 이끌었으니 재계약 사유는 충분해 보였다. 다만 언론과 팬들의 기대치를 충족시키지 못했다는 게 변수였다.

"올해 우승이라도 하겠다는 소린가?"

"면접 때도 우승을 시키겠다고 큰소리를 떵떵 쳤으니까요."

"그게 말처럼 쉬울까? 믿고 맡길 만한 선발 투수가 없는데."

앤디 프리드먼 사장은 이번 시즌 월드 시리즈에 올라가는 건 쉽지 않을 거라고 전망했다. 가장 큰 이유는 선발 투수의 부재였다.

포스트시즌 성적을 좌우하는 건 역시나 마운드의 높이였다. 불확실한 방망이보다는 투수력이 다음 라운드로 진출할 수 있는지를 판가름하는 경우가 많았다.

하지만 현재 다저스는 슬레이튼 커쇼 이외에 믿을 만한 투수가 없는 상태였다. 작년에도 수준급 투수 부재로 인해 컵스에게 발목을 잡혔는데 올해라고 해서 별반 다를 것 같진 않았다.

그 점에 대해서는 파렐 자이디 단장도 쉽게 반박하지 못했다.

믿음직스럽던 2선발 맥 그레인키가 이적하고 원투펀치를 받쳐 주던 류현신이 부상의 늪에 빠진 지금의 마운드는 투수 왕국이라 불리던 시절과는 상당히 동떨어져 있었다.

다저스가 후반기 대약진으로 5년 연속 지구 우승을 달성한다 하더라도 이렇다 할 변화 없이는 포스트시즌의 성공 가능성을 높게 쳐주기 어려웠다.

"그래서 언론에서는 쓸 만한 투수를 데려와야 한다는 말이 많습니다."

파렐 자이디 단장이 화제를 돌렸다. 자이언츠의 독주 속에 지구 우승의 길은 험난했지만 와일드카드 전쟁에서는 여전히 유리한 고지를 차지하고 있었다.

대다수 언론도 다저스가 최소 와일드카드를 통해 포스트 시즌에 합류할 거라고 예상하고 있었다. 문제는 정말로 그렇게 될 경우 디비전 시리즈 1차전을 맡길 투수가 없다는 것이었다.

단판제인 와일드카드 결정전에 슬레이튼 커쇼 카드를 쓰면 손에 쥔 카드는 스캇 카이저와 마에다 케이타, 둘뿐이었다.

5월 말 회복하는 듯하다가 전반기 막판 또다시 부진의 터널에 빠져 버린 스캇 카이저는 여전히 물음표였다.

체력적으로 별문제가 없는 전반기에도 경기력이 형편없었는데 시즌이 끝난 이후에 좋은 모습을 보여주리라 기대하는 것 자체가 난센스라는 의견이 많았다.

중요한 고비 때마다 무너지는 마에다 케이타도 2선발 감은 아니라는 평가가 지배적이었다.

게다가 데빈 로버츠 감독과의 사이도 썩 좋은 편이 아니었다.

좌완 일색인 선발진 때문에 올 시즌 전략적으로 3선발 자리에서 시즌을 치르고 있지만 정작 데빈 로버츠 감독은 마에다 케이타를 2선발은커녕 3선발로서의 대우조차 해주지 않고 있었다.

만약 스캇 카이저와 마에다 케이타를 내세워 1차전과 2차전을 허무하게 날려 버리면 3차전에서 슬레이튼 커쇼가 돌아온다고 해도 승산은 없었다.

지구 우승을 차지해 슬레이튼 커쇼를 디비전 시리즈에 두 차례(1차전과 4차전, 혹은 5차전) 등판시킬 수 있다면 그나마 사정은 나아지겠지만 5전 3선승제로 비교적 짧은 디비전 시리즈의 일정 상 초반 2패는 감당하기가 쉽지 않았다.

하지만 앤디 프리드먼 사장은 2선발급 투수 영입에 회의적이었다.

"그래서 누굴 데려오자고? 아니, 누굴 데려오든 그만한 효용가치가 있다고 생각하는 거야?"

후반기를 코앞에 둔 현재 내셔널 리그의 15개 팀 중 포스트시즌을 포기한 팀은 5팀에 불과했다. 6개 팀은 지구 선두 다툼 중이며 나머지 4개 팀들도 산술적으로 포스트시즌이 가능하다는 희망을 버리지 않고 있었다.

이 상황에서 쓸 만한 투수를 데려온다는 건 결코 쉽지 않은 이야기였다. 언론에서 몇몇 선수의 이름을 거론하고 있지만 대부분 하락세에 접어든 고액 연봉자들이었다. 잔여 계약을 끌어안고 그들의 반등을 기대하느니 차라리 젊은 선수들에게 기회를 주는 편이 백번 나아 보였다.

"또 쓸데없이 매물로 나온 선수들 기웃거리지 마. 지금 처치곤란인 선수가 몇 명이나 되는 줄 알고는 있는 거야?"

"하지만 포스트시즌에 대비하려면……."

"그렇게 선수를 데려오고 싶으면 기존 선수들부터 정리하든가!"

"그건……."

"하아……. 파렐, 날 더 이상 곤란하게 만들지 말라고. 그렇지 않아도 알렉스 때문에 미칠 지경이니까."

앤디 프리드먼 사장이 창 쪽으로 의자를 돌려 버렸다. 마치 이 모든 게 파렐 자이디 단장의 잘못이라도 되는 것처럼 말이다.

물론 파렐 자이디 단장도 할 말은 많았다. 하지만 이 분위기에서 그 말을 내뱉었다간 앤디 프리드먼 사장과 영영 척을 져야 할지도 몰랐다.

'그 처치 곤란한 선수들 중 상당수는 앤디, 당신이 데려왔다고요!'

턱 끝까지 치민 말을 되삼키며 파렐 자이디 단장이 사장실을 나섰다.

그러나 앤디 프리드먼 사장은 파렐 자이디 단장이 나가든 말든 신경조차 쓰지 않았다. 그의 머릿속은 무의식중에 내뱉은 알렉스 인터폴리스 부사장과의 내기로 가득 차 있었다.

"건이 다시 살아나진 않겠지. 아닐 거야."

점점 나빠지고 있는 박건호의 데이터를 다시 한번 살피며 앤디 프리드먼 사장이 마음을 다잡았다. 자신이 그토록 신봉하고 있는 데이터대로라면 박건호가 갑자기 되살아날 일은 없을 것 같았다.

박건호가 이대로 무너지길 바라는 건 앤디 프리드먼 사장만이 아니었다.

"야디에르, 이제 며칠 남지 않았어."

"뭐가 며칠 남지 않았다는 건데요?"

"뭐긴 뭐야. 건이 마이너리그로 쫓겨나는 날이지."

야디에르 알베스의 에이전트, 라몬 소스레트가 하얀 이를 드러내며 웃었다.

박건호가 운 좋게 선발 자리를 꿰찰 때는 배가 아파 미칠 지경이었지만 지금은 하루하루가 즐겁기만 했다.

"그만 좀 해요. 건이 다음 경기에서 잘 던질 수도 있잖아요."

"아니, 그럴 리 없어. 그 녀석, 지난 다이아몬드 백스전 때 포심 패스트볼 구속이 얼마가 나왔는지 알아? 고작 92mile/h(≒148.1km/h)라고!"

"그건 평균 구속 이야기잖아요."

"어쨌든! 건은 선발에 적응하지 못하고 있어. 이건 확실한 이야기야. 언론에서도 건을 불펜으로 돌려보내야 한다는 이야기가 나오고 있다고!"

"그것도 일부 언론의 말이고요."

"야디에르! 갑자기 왜 이래? 건을 동정하기라도 하는 거야?"

"하아……. 지금 내가 어떻게 건을 동정할 수 있겠어요?"

"그렇지? 아니지? 미리 말하지만 눈곱만큼이라도 건을 동정하지 말라고. 실력이 부족해서 밀리는 건 메이저 리그에서 당연한 거야. 그걸 마음 아파해서는 최고의 투수가 될 수 없어. 내 말 명심해!"

"후우……."

야디에르 알베스가 답답한 듯 한숨을 내쉬었다. 아무리 경쟁 사회라고는 하지만 자리를 빼앗기 위해 동료가 부진하길 바라는 건 솔직히 하고 싶지 않았다.

하지만 그렇다고 해서 맘 편히 박건호의 호투를 바랄 수도 없었다.

라몬 소스레트의 세뇌를 떠나 야디에르 알베스는 박건호와의 경쟁에서 뒤처져 있었다. 뒤처진 주제에 앞서 달리는 누군가의 행운을 빌어준다는 건 위선일 뿐이었다.

'건, 잘해보라고.'

야디에르 알베스는 이내 손에 든 자료로 눈을 돌렸다. 지금 자신에게 중요한 건 박건호가 아니었다. 다저스 불펜에서 어떻게든 살아남는 것이었다.

좌완투성이인 선발진과는 달리 다저스의 불펜은 우완 투수가 대부분이었다.

7명의 불펜 투수 중 좌완은 애드 리베라토레, 한 명뿐이었다. 그래서 구단 내부에서는 또 한명의 좌완 불펜 투수를 콜업해야 한다는 이야기가 오가고 있었다.

셋업맨 조 브랜튼과 마무리 투수 켈리 젠슨을 제외한 다저스의 우완 불펜 투수들 중에 야디에르 알베스는 첫 번째 옵션이 아니었다.

체력이 좋아 긴 이닝을 맡기긴 하지만 박빙의 상황에서는 경험 많은 루이 콜맨이나 페드로 바이즈에게 밀렸다.

그나마 크리스 아처보다는 좋은 모습을 보이지만 그마저도 압도적인 게 아니었다. 오히려 경험적인 측면을 고려한다면 크리스 아처보다 선발 수업을 받았던 야디에르 알베스가 마이너리그로 내려갈 가능성이 높았다.

하지만 야디에르 알베스는 오클라호마시티로 돌아갈 생각이 없었다. 불펜이라도 상관없었다. 어떻게든 메이저 리그 무대에 남고 싶었다.

'일단은 살아남는 게 먼저야.'

의지를 가득 담은 야디에르 알베스의 두 눈동자가 자료들을 빠르게 훑어 내려갔다.

그렇게 일주일이라는 시간이 빠르게 지났다. 그리고 다저스와 화이트삭스 간의 올 시즌 첫 번째 경기가 시작됐다.

2

"건, 컨디션은 어때?"

"좋습니다."

"긴장하지 말고 지금처럼만 던져. 알았지?"

릭 허니컷 투수 코치의 독려에 박건호가 씩 웃어버렸다.

부담을 주지 않으려는 건 좋지만 지금처럼만 던지라니. 그러다간 정말 마이너리그로 강등될지도 몰랐다.

"건, 포심 패스트볼은 좋은데 슬라이더가 좀 밋밋한 느낌이 들어."

릭 허니컷 투수 코치가 사라지자 공을 받아주던 오스틴 번이 다가왔다.

"흠……. 그래? 그럼 체인지업은?"

"포심 체인지업하고 체인지업 둘 다 좋아. 오히려 오늘은 커브가 괜찮은 거 같으니까 적극적으로 써보자고."

"오케이. 알았어. 그런데 너 오늘따라 컨디션 좋아 보인다?"

"무슨 소리야? 난 평소하고 똑같은데?"

"아닌데? 야스마니 그린이 지명타자로 출전했다고 좋아하는 거 티 나는데?"

"아니라니까. 쓸데없는 소리나 말고 몸이나 마저 풀어. 나 잠깐 화장실 좀 다녀올 테니까."

괜히 멋쩍어진 오스틴 번이 소변을 핑계로 사라졌다.

하지만 박건호는 오스틴 번의 심정이 충분히 이해가 갔다.

데빈 로버츠 감독은 화이트삭스와의 원정 경기에서 주전 포수 야스마니 그린을 지명 타자로 기용하겠다는 뜻을 밝혔다. 다저스의 25인 로스터 중 포수는 야스마니 그린과 오스틴 번, 단 두 명뿐이니 2연전 동안 오스틴 번을 포수로 선발 출전시키겠다는 소리였다.

물론 선발 출전한다고 해서 풀타임을 보장받는 건 아니었다. 지명타자 자리를 활용해 경기 중반에 야스마니 그린이 포수로 자리를 옮겨갈 가능성도 높았다.

하지만 설사 그렇다 해도 오스틴 번은 상관없을 터였다. 바로 내일 선발이 슬레이튼 커쇼이기 때문이었다.

올 시즌 오스틴 번은 슬레이튼 커쇼와 단 한 번도 호흡을 맞추지 못했다.

박건호는 거의 전담하다시피 하고 나머지 선발 투수들과도 최소 두 번 이상 배터리를 이뤘지만 슬레이튼 커쇼와는 인연이 없었다.

그런데 인터 리그를 맞이해 모처럼 기회를 잡았으니 들뜨는 것도 무리는 아니었다.

"다 좋으니까 리드만 확실히 해줘, 오스틴."

박건호가 길게 숨을 골랐다. 그리고 오스틴 번을 대신해 포수석에 앉은 조나단을 향해 힘껏 공을 내던졌다.

퍼엉!

묵직한 포구 소리가 불펜을 쩌렁하게 울렸다.

"나이스 볼! 최고야!"

조나단이 늘 그래왔던 것처럼 엄지손가락을 추켜세워 주었다.

그렇게 다섯 개의 공을 더 던지자 조시 브레드 불펜 코치가 다가와서 말했다.

"건, 나갈 준비 해."

"네."

마지막으로 조나단의 미트를 향해 공 하나를 더 던져 넣은 뒤 박건호가 셀러 필드 마운드로 걸어 올라갔다.

화요일에 열리는 경기임에도 경기장은 빈자리를 찾아보기 어려울 정도로 많은 관중이 자리해 있었다.

"후우…… 많이도 왔네."

박건호가 천천히 숨을 고른 뒤 로진백을 주물렀다. 그사이 1번 타자 찰리 테이슨이 타석에 들어섰다.

지난겨울 에이스와 리드오프가 동시에 팀을 떠나면서 화이트삭스 로스터는 적잖은 변화를 맞이해야 했다.

그중에서도 찰리 테이슨의 1번 타순 기용은 파격적이라는 평가가 많았다.

마이너리그에서 좋은 모습을 보여주었다고는 하지만 메이저 리그에서는 보여준 게 아무것도 없는 신인을 가능성 하나만 보고 리드오프로 선택한 건 도박이나 다름없다는 우려도 적잖았다.

그러나 찰리 테이슨은 생각보다 준수한 활약으로 릭 하인 단장과 로벤 벤츄라 감독의 선택이 틀리지 않았다는 걸 증명해 보이고 있었다.

그렇다 보니 박건호도 찰리 테이슨이 묘하게 신경 쓰였다. 커리어만 놓고 봤을 때 지금까지 자신보다 나은 선수들만 상대해 왔는데 처음으로 자신과 비슷한 길을 가고 있는 라이벌을 만난 기분이 든 것이다.

실제로 시카고 언론에서는 박건호를 찰리 테이슨에 견줄 만한 선수라고 평가했다. 물론 객관적인 성적은 찰리 테이슨이 조금 낮지만 어린 나이에 메이저 리그에 데뷔해 지금까지 좋은 모습을 보여주고 있다고 극찬했다.

그러면서도 시카고 언론은 첫 인터 리그 원정 경기를 치르는 박건호가 좋은 피칭을 이어가기는 힘들 거라고 전망했다. 경험이 부족한 박건호가 5이닝을 버티긴 어려울 거라고 내다봤다.

2차전에서 다저스의 에이스 슬레이튼 커쇼를 만나야 하는 화이트삭스 입장에서는 1차전을 결코 포기할 수가 없었다.

하지만 1차전에서 호투해야 하는 건 박건호도 마찬가지였다.

"오늘 확실히 던져서 시즌 끝날 때까지 살아남자!"

박건호가 속으로 단단히 기합을 넣었다. 그 모습이 찰리 테이슨의 눈에는 억지로 긴장을 달래는 것처럼 느껴졌다.

"이봐, 친구. 그렇게까지 겁먹을 필요 없다고."

찰리 테이슨이 짓궂게 입가를 비틀어 올렸다.

그 순간.

후앗!

박건호가 힘껏 내던진 초구가 눈 깜짝할 사이에 몸 쪽을 파고들었다.

"헛!"

깜짝 놀란 찰리 테이슨이 허리를 뒤로 뺐다.

하지만 정작 공은 홈 플레이트 가장자리를 훑고 오스틴 번의 미트에 틀어 박혔다.

퍼엉!

"스트라이크!"

요란한 포구음과 구심의 콜이 거의 동시에 울려 퍼졌다.

"와우."

멍해진 눈으로 미트를 바라본 찰리 테이슨이 자신도 모르게 탄성을 내뱉었다. 그저 운 좋은 루키쯤으로 여겼던 박건호가 이렇게 좋은 공을 던질 줄은 전혀 예상하지 못한 반응이었다.

그러자 오스틴 번이 피식 웃으며 한마디 건넸다.

"이봐, 친구. 그렇게까지 겁먹을 필요 없다고."

"뭐야? 그 말, 나한테 고스란히 돌려주는 거야?"

찰리 테이슨이 쓴웃음을 지으며 방망이를 들어 올렸다. 방심하다 초구를 허무하게 놓치긴 했지만 2구마저 흘려보낼 생각은 전혀 없었다.

'보나마나 빠른 공을 기다리나 본데. 이건 어때?'

찰리 테이슨을 힐끔 본 오스틴 번이 빠르게 손가락을 움직였다.

첫 번째 수신호는 손가락 두 개.

두 번째 수신호도 손가락 두 개.

세 번째 수신호는 새끼손가락.

"몸 쪽 커브라."

박건호는 가볍게 고개를 끄덕였다. 그리고 오스틴 번의 요구대로 힘차게 공을 내던졌다.

후앗!

높게 치솟았던 공이 오스틴 번의 얼굴 앞에서 뚝 하고 떨어져 내렸다. 투구 궤적상 자연스럽게 좌타자 바깥쪽으로 휘어지다 보니 좌타자인 찰리 테이슨은 감히 방망이를 내밀 엄두조차 내지 못했다.

게다가 오스틴 번이 떨어지는 공을 힘껏 받쳐 들면서 구심의 스트라이크 콜까지 받아냈다.

"하아……."

자신만만하던 찰리 테이슨의 입에서 한숨이 흘러나왔다.

경기 시작한 지 고작 2분 만에 신인 투수에게 투 스트라이크로 몰려 버린 것이다.

'이대로 물러설 순 없어.'

찰리 테이슨이 방망이를 단단히 움켜쥐었다. 이렇게 된 이상 스트라이크든 볼이든 눈에 들어오는 대로 때려낼 생각이었다.

그러나 오스틴 번도 다 잡아놓은 물고기를 도망치게 놔둘 생각이 없었다.

'확실하게 끝내자고.'

바쁘게 손가락을 움직인 뒤 오스틴 번이 미트를 찰리 테이슨의 어깨 쪽으로 들어 올렸다.

그 순간.

촤라라랏!

박건호가 투수판을 박차며 힘차게 공을 내던졌다.

후앗!

박건호의 손끝을 빠져나간 공이 또다시 찰리 테이슨의 몸 쪽으로 날아들었다.

"크윽!"

찰리 테이슨이 반사적으로 방망이를 내돌렸다.

하지만 그보다 먼저 공은 홈 플레이트를 스쳐 지나 오스틴 번의 미트 속에 파묻혔다.

퍼엉!

묵직한 포구 소리가 대결의 마침표를 찍었다.

―건! 삼진입니다!

―96mile/h짜리 몸 쪽 하이 패스트볼로 찰리 테이슨의 허를 정확하게 찔렀습니다.

―11일 만의 선발 등판이라 걱정했는데 스타트가 아주 좋습니다.

―아직 슬라이더와 체인지업을 보지 못했지만 일단 포심 패스트볼과 커브의 무브먼트는 괜찮은 것 같습니다.

다저스의 원정 경기 전담 해설을 맡은 모렐 허샤이저의 입가를 타고 안도의 미소가 번졌다.

휴식일이 너무 길어서 컨디션 조절에 실패하면 어쩌나 걱정했는데 찰리 테이슨을 삼진으로 돌려세우는 걸 보니 이제 좀 마음이 놓이는 것 같았다.

'1회만 잘 넘겨라, 건. 1회만 넘어가면 네 페이스대로 경기를 끌고 갈 수 있을 거야.'

모렐 허샤이저의 독려 속에 박건호는 2번 타자 티미 앤더슨을 3구 만에 유격수 땅볼로 유도하며 두 번째 아웃 카운트를 잡아냈다.

그리고 중심 타자인 마르키 카브레라를 맞이했다.

'일단 초구는 까다롭게 가자고.'

오스틴 번이 미트를 바깥쪽으로 움직였다. 장타력은 다소 떨어지지만 정확도 높은 타격을 구사하는 마르키 카브레라를 상대로 유리한 고지를 점하기 위해서는 초구 스트라이크가 필수였다.

"후우……."

길게 숨을 고르며 박건호가 가볍게 고개를 끄덕였다. 그리고 오스틴 번의 미트를 향해 힘껏 공을 내던졌다.

후앗!

박건호의 손끝을 빠져나간 공이 한복판을 지나 바깥쪽으로 빠져나갔다. 그러자 마르키 카브레라가 망설이지 않고 방망이를 내돌렸다.

따악!

라이너성으로 날아간 타구가 3루 관중석 쪽으로 사라졌다. 그와 동시에 관중석에서 탄식이 쏟아져 나왔다.

경쾌한 타격음과 쭉 뻗어 나간 타구의 움직임이 조금만 방망이 안쪽에 걸렸다면, 하는 아쉬움을 자아낸 것이다.

"공 좋은데?"

마르키 카브레라도 피식 웃으며 바닥을 다졌다. 전광판에 찍힌 95mile/h(≒152.9㎞/h)라는 구속보다 체감 구속이 더 빨랐다고 느낀 것이다.

하지만 고작 95mile/h의 포심 패스트볼로 박건호의 모든 걸 예단하는 건 성급한 판단이었다.

메이저 리그로 넘어온 이후에도 박건호는 타자의 무릎 높이로 들어가는 낮은 코스의 포심 패스트볼을 던지는 데 애를 먹고 있었다.

부단한 연습 덕분에 낮게 공을 던지는 건 가능했지만 하이 패스트볼을 던질 때처럼 공을 완벽하게 채지 못했다. 그래서인지 구속과 무브먼트가 무릎 높이 이상으로 들어오는 포심 패스트볼만 못한 경우가 많았다.

이번 공도 마찬가지. 오스틴 번의 요구대로 바깥쪽 가장 낮은 스트라이크존을 노리고 던지느라 공에 100퍼센트 힘을 싣지 못했다.

그런데도 마르키 카브레라의 방망이는 늦었다. 바깥쪽 코스를 노리고 있던 것 같은데도 말이다.

'좋아. 힘으로 이길 수 있겠어.'

오스틴 번이 슬쩍 입가를 비틀어 올렸다. 그리고 재빨리 손가락을 움직였다.

"후우······."

사인을 확인한 박건호가 길게 숨을 내쉬었다. 언제나 느끼는 것이지만 오스틴 번의 주문은 늘 까다로웠다. 특히나 중심 타자들을 상대할 때면 지금처럼 예상하지 못한 공을 요구하는 경우가 많았다.

그러나 박건호는 고개를 젓지 않았다. 주전 포수가 되기 위해 전략 분석실에서 살다시피 하는 오스틴 번의 노력과 누구보다 투수 박건호에 대해 잘 알고 있는 오스틴 번의 판단력을 믿고 고개를 끄덕거렸다.

'뭐야? 대체 뭘 던지려는 거지?'

박건호가 마운드 위에서 폼을 들이자 마르키 카브레라도 신경이 쓰였다. 다른 신인 투수들처럼 또다시 바깥쪽 코스를 노릴 거라 예상했는데 왠지 허를 찔릴지도 모른다는 생각이 든 것이다.

'몸 쪽인가? 그렇다면 빠른 공이겠지.'

마르키 카브레라가 이내 방망이를 고쳐 들었다.

그 순간.

후앗!

박건호의 손끝을 빠져나간 공이 큰 포물선을 그리며 마르키 카브레라의 얼굴 쪽으로 날아들었다.

'커브!'

포심 패스트볼일 거라 여기고 타격 자세에 들어갔던 마르키 카브레라는 눈앞에서 뚝 떨어지는 커브를 어찌해 볼 생각조차 하지 못했다.

퍼억!

둔탁한 포구 소리와 동시에 마르키 카브레라가 구심에게 고개를 돌렸다. 그리고 특유의 넉살스런 표정을 지으며 말했다.

"아슬아슬했어요. 그렇죠?"

메이저 리그 13년 차 마르키 카브레라의 넉살에 구심은 막 들어 올리려던 오른팔을 멈춰 세웠다. 생각해 보니 커브가 조금 높게 들어온 것 같기도 했다.

구심이 스트라이크 판정을 주저하자 오스틴 번도 이내 포구 자세를 풀었다.

하지만 크게 아쉬워하진 않았다. 애당초 오스틴 번이 요구했던 건 볼에 가까운 커브였다.

박건호의 컨디션이 좋아 커브가 스트라이크존으로 들어오긴 했지만 마르키 카브레라의 타이밍을 충분히 흐트러뜨려 놓았으니 볼 판정이 되었다 해도 크게 상관은 없었다.

'자, 건. 이제 낚아보자고.'

한참 동안 생각을 정리하던 마르키 카브레라가 타석에 들어오자 오스틴 번이 3구째 사인을 냈다.

첫 번째 수신호는 손가락 세 개.

두 번째 수신호는 손가락 네 개.

세 번째 수신호는 엄지손가락.

'바깥쪽으로 떨어지는 포심 체인지업.'

사인을 확인한 박건호가 가볍게 고개를 끄덕였다. 그리고 초구 포심 패스트볼을 던졌던 궤적을 상기시키며 빠르게 공을 내던졌다.

후앗!

박건호의 손끝을 빠져나간 공이 곧장 홈 플레이트 바깥쪽으로 날아들었다. 그 움직임이 마르키 카브레라의 눈에는 초구 때 아쉽게 놓쳤던 포심 패스트볼과 겹쳐 보였다.

'어림없다!'

마르키 카브레라가 기다렸다는 듯 방망이를 휘둘렀다. 타이밍을 맞추기 위해 초구 때보다 허리를 더 빨리 비틀었다.

하지만.

딱!

"......!"

방망이를 타고 전해지는 느낌은 정타와는 거리가 멀었다.

'젠장!'

마르키 카브레라는 방망이를 내던지고 1루를 향해 부지런히 내달렸다.

하지만 그보다 유격수 코일 시거의 송구가 더 빨랐다.

"아웃!"

1루심의 콜을 확인한 박건호가 코일 시거를 향해 엄지를 들어 올렸다. 그러고는 기다리고 있던 에이든 곤잘레스와 가볍게 주먹을 부딪쳤다.

"건! 좋아! 잘했어!"

"나이스 피칭! 건!"

뒤이어 선수들이 다가와 박건호의 엉덩이와 어깨를 두드렸다. 그 모습이 중계 카메라를 통해 한참 동안이나 포착됐다.

─건! 화이트삭스의 세 타자를 깔끔하게 틀어막고 이닝을 마칩니다.

─네, 3구째 오프 스피드 피치가 특히 인상적이었습니다.

─건에게 들으니 모렐에게 전수받은 싱커의 변형이라고 하던데요?

─하하. 제 눈에는 제가 던지던 싱커보다 훨씬 위력적으로 보입니다.

─좋은 스승에게서 좋은 제자가 나오는 법이니까요. 어쨌든 건이 지난 로키스전 때 보여주었던 멋진 피칭을 오늘 다시 한

번 보여주길 기대해 보겠습니다.

다저스 중계진의 목소리도 한결 가벼워졌다. 덩달아 VIP
석에서 그 모습을 지켜보던 알렉스 인터폴리스 부사장의 표
정도 밝아졌다.

"좋아, 좋아."

알렉스 인터폴리스 부사장이 주먹으로 테이블을 가볍게 두
드렸다.

그러자 옆자리에 앉아 있던 비서 겸 보좌역, 세런 테일러가
진정하라며 알렉스 인터폴리스 부사장의 주먹 위에 제 손을
포갰다.

"알렉스, 경기 중에 언제 카메라가 당신을 찍을지 몰라요.
그러니까 조금 자중하는 게 좋겠어요."

"하하. 그럴까? 내가 너무 들떴나?"

"아니요. 충분히 기분 좋아 할 수 있어요. 건이 잘 던지고
있잖아요."

"그렇지? 내가 이상한 게 아니지?"

"그럼요. 다들 오늘 경기는 1회에 결판이 난다고 했잖아요.
건과 카를로스 론돈 모두 잘 던졌지만 개인적으로는 건의 피
칭이 조금 더 훌륭했다고 생각해요."

"그래! 바로 그거야! 그게 내가 흥분한 이유라고!"

알렉스 인터폴리스 사장이 다시 주먹으로 테이블을 내리쳤다. 이번에는 힘 조절을 하지 못한 듯 이온 음료가 담긴 잔이 흔들리며 일부가 테이블 위로 쏟아졌다.

"알렉스, 진정하라니까요."

세런 테일러가 애써 웃으며 손수건으로 테이블을 닦아냈다. 지나치게 에너지가 넘쳐서 본의 아니게 크고 작은 사고를 치는 알렉스 인터폴리스 부사장을 지근거리에서 보살피는 게 그녀의 주된 임무 중 하나였다.

"아, 미안. 그건 그렇고 세런이 보기에는 어때? 건이 오늘 어떨 거 같아?"

알렉스 인터폴리스 부사장이 슬그머니 화제를 돌렸다. 그러자 세런 테일러도 기다렸다는 듯이 눈을 빛냈다.

"지금까지 건이 선발 등판했던 세 경기를 놓고 봤을 때 5이닝 이상 투구할 가능성이 높아졌어요."

"그런 이야기는 누구나 할 수 있어. 하지만 확신할 수는 없잖아. 안 그래?"

"데이터가 부족하기 때문에요?"

"그렇지. 건은 지금까지 단 세 경기밖에 선발 등판하지 않았다고. 그중에서 1회를 실점 없이 넘긴 경기는 두 경기고. 고작 그 두 경기 결과를 놓고 오늘 경기를 예측하는 건 무리 아닐까?"

알렉스 인터폴리스 부사장이 웃는 얼굴로 말했다. 앤디 프리드먼 사장과의 내기 때문에라도 건이 잘 던지길 바라지만 이런 식의 근거 빈약한 추측은 사양이었다.

그러나 세린 테일러도 그저 알렉스 인터폴리스 부사장의 비위를 맞추기 위해 건의 호투를 전망한 게 아니었다.

"하지만 건을 비롯한 대부분의 신인급 투수가 1회 경기 결과에 영향을 받는 것 또한 어느 정도 입증된 사실 아닐까요?"

"흠······."

"건의 개별적인 데이터가 부족한 건 부인할 수 없는 사실이죠. 하지만 건이 1회를 잘 넘겼던 지난 두 경기에서 좋은 모습을 보여줬던 것 또한 분명한 사실이에요. 고작 두 경기라고 해서 근거로 삼을 수 없다고 단언하는 것도 옳은 판단은 아니라고 생각해요."

알렉스 인터폴리스 부사장과 함께 시카고에 오기 전 세린 테일러는 박건호에 대한 모든 기록을 하나도 빠짐없이 살폈다. 덕분에 나름대로 박건호라는 루키에 대한 정리를 마친 상태였다.

고작 세 경기에 불과하다고는 하지만 박건호의 피칭은 1회를 무실점으로 마쳤느냐, 아니냐에 따라 극명하게 갈렸다.

데뷔전이었던 로키스전은 박건호의 인생 경기였다고 칭해도 과언이 아닐 정도로 훌륭했다.

5이닝 동안 삼진 6개. 피안타 1개.

마이너리그에서 선발로 뛴 경험이 없는 투수가 맞나 싶을 정도로 대단한 성적이었다.

두 번째 경기였던 에인젤스전도 마찬가지였다. 빠른 공을 앞세워 1회를 잘 넘긴 뒤 2회와 3회도 큰 위기 없이 잘 넘겼다. 4회에 마이크 트라우스에게 투런 홈런을 허용하긴 했지만 세런 테일러는 결과보다 과정에 의미를 부여했다.

시리즈 내내 좋은 타격감을 선보였던 4번 타자 마이크 트라우스를 상대로 과감하게 몸 쪽 승부를 걸었다는 것 자체가 박건호의 컨디션을 추측 가능하게 해주었다.

반면 1회에 2실점을 했던 다이아몬드 백스전은 그야말로 난타당하는 하위 선발의 전형적인 모습을 보여주었다.

비록 승리를 챙기긴 했지만 모든 부분에서 앞선 두 경기보다 못한 경기력을 선보였다.

매 이닝 주자를 출루시켰다. 단 한 이닝도 쉽게 넘어가는 이닝이 없었다. 그러면서도 고작 2실점밖에 하지 않았다는 게 운이 좋았다고 느껴질 정도였다.

"그렇다면 어느 쪽이지? 로키스전인가 아니면 에인젤스전인가?"

알렉스 인터폴리스 부사장이 다시 물었다. 똑같은 1회 무실점이라 해도 로키스전과 에인젤스전의 결과는 사뭇 달랐다.

"1회의 분위기만 놓고 보자면 로키스전 쪽에 가깝습니다. 하지만 경기 내용은 에인젤스전과 비슷할 거라고 생각합니다."

세런 테일러가 차분하게 대답했다. 마이크 트라우스의 홈런을 빼고 봤을 때 로키스전과 에인젤스전의 경기력에는 큰 차이가 없었다.

군이 구분하자면 로키스전은 비현실적으로 잘 던진 경기이고 에인젤스전은 박건호답게 잘 던진 경기였다.

비현실적으로 잘 던지는 경기가 자주 나오지는 않을 테니 로키스전보다는 에인젤스전의 결과와 비슷하게 나올 가능성이 높아 보였다.

"에인젤스전이라."

알렉스 인터폴리스 부사장이 고개를 주억거렸다. 박건호가 로키스전처럼 압도적인 경기를 펼쳐 준다면 더할 나위 없이 좋겠지만 에인젤스전만큼만 던져도 나쁠 건 없었다.

다만 신경이 쓰이는 건 실점 여부였다.

앤디 프리드먼 사장과의 내기 조건은 6이닝 3실점이었다. 그 이하면 알렉스 인터폴리스 부사장의 승리, 반대의 경우에는 앤디 프리드먼 사장이 이기는 게임이었다.

박건호는 지난 에인젤스 전에서 5.1이닝 동안 2실점을 했다. 세런 테일러의 말처럼 박건호가 오늘 6이닝 이상을 소화해 준다고 가정했을 때 2실점에서 멈출지 3실점을 넘길지는 지금까지의 데이터만으로 예측하기가 쉽지 않았다.

그런 알렉스 인터폴리스 부사장의 속내를 읽기라도 한 것일까.

"장타를 조심한다면 아마 알렉스의 예상대로 경기가 끝날 거예요."

세런 테일러가 가볍게 웃으며 말했다.

에인젤스전에서 박건호의 위기는 4회 때 찾아왔다. 그것도 4번 타자 마이크 트라우스 앞에서 주자를 내보낸 게 화근이었다.

화이트삭스 타자들 중 박건호가 장타를 경계해야 할 만한 타자는 4번 타자 호세 아브레라와 5번 타자 토드 프레이즈 정도였다.

물론 메이저 리그 타자들 중에 홈런을 때려내지 못할 선수는 없다지만 박건호의 1회 피칭을 감안했을 때 이 둘을 어찌 상대하느냐에 따라 오늘 경기의 결과가 달라질 가능성이 높았다.

박건호와 오스틴 번도 더그아웃에서 비슷한 이야기를 주고받았다.

"호세 아브레라는 패스트볼 킬러야. 패스트볼을 던질 때 각별히 주의해야 해."

"특별히 약한 코스는 어디야?"

"없어."

"없다고? 그게 가능해?"

"그래, 적어도 패스트볼에 있어서만큼은 놓치는 법이 없어."

"그럼 어떻게 해? 변화구로 승부를 걸어야 하는 거야?"

"변화구 대응 능력도 좋아. 괜히 화이트삭스에서 6년 계약을 한 게 아니라고."

2014년 화이트삭스는 쿠바 프로 리그를 씹어 먹던 호세 아브레라와 6년, 6,800만 달러의 계약을 맺었다.

그리고 지난 3년간 호세 아브레라는 그 계약 이상의 활약을 펼쳐 왔다.

하지만 그렇다고 해서 호세 아브레라가 4할대의 타율을 기록하는 무지막지한 타자는 아니었다. 지난 세 시즌 타율은 0.299. 이번 시즌에도 2할9푼대 타율을 유지하고 있었다.

게다가 장타자답게 삼진도 적잖게 당했다. 세 시즌 합계 396개. 타석당 삼진율은 19.9퍼센트였다.

"일단 이번 타석에서는 패스트볼로 붙어보자."

"뭐? 패스트볼로?"

"그래, 너 오늘 패스트볼 움직임이 좋아. 그러니까 몸 쪽 코스로 철저하게 붙인 뒤에……."

"포심 체인지업을 이용하자?"

"그래, 그게 1안이고 2안은⋯⋯."

박건호와 오스틴 번은 호세 아브레라와 화이트삭스 홈런 1위인 토드 프레이즈를 상대하기 위한 다양한 방법을 연구했다.

그 과정에서 6번 타자 브렛 라우리는 철저히 외면받았다. 브렛 라우리 또한 만만찮은 타자였지만 호세 아브레라와 토드 프레이즈의 압도적인 공격 지분을 따라가기 어려웠다.

그런데 정작 결과는 엉뚱하게 이어졌다.

"스트라이크, 아웃!"

포심 패스트볼에 강하다는 4번 타자 호세 아브레라를 상대로 박건호는 4구째 몸 쪽 하이 패스트볼을 던져 삼진으로 돌려세웠다.

볼카운트 투 스트라이크 원 볼 상황에서 거의 얼굴 높이로 들어가는, 5구째 던질 포심 체인지업을 위한 목적구를 던졌는데 호세 아브레라의 방망이가 매섭게 따라 나와 허공을 갈라버렸다.

따악!

5번 타자 토드 프레이즈와의 대결은 더욱 허무했다. 오늘 경기 처음으로 슬라이더도 있다는 걸 알려주기 위해 던진 슬라이더가 바깥쪽으로 파고들자 토드 프레이즈가 툭 하고 건드린 것이다.

방망이 끝에 걸린 타구는 멀리 뻗지 못하고 좌익수 앤드 토레스의 글러브에 빨려 들어갔다.

"좋았어!"

화이트삭스 타선의 중심이라는 호세 아브레라와 토드 프레이즈를 공 5개로 잡아내면서 박건호는 필요 이상으로 자신감에 차올랐다.

그 과한 자신감이 삼진 욕심을 불렀다. 그 결과 브렛 라우리에게 담장을 직격하는 큼지막한 2루타를 얻어맞고 말았다.

─브렛 라우리. 걸어서 2루에 들어갑니다.

─슬라이더의 무브먼트가 좋지 않았습니다. 행잉 슬라이더가 스트라이크존으로 들어오면서 브렛 라우리의 스윙에 걸리고 말았네요.

─투 스트라이크까지는 잘 잡았는데요.

─네, 차라리 몸 쪽이 아니라 바깥쪽으로 슬라이더를 던졌다면 어땠을까 하는 생각이 듭니다.

─오스틴 번이 몸 쪽 사인을 낸 것 같은데요.

─아마 볼을 요구했을 겁니다. 다만 건이 삼진에 욕심을 내면서 공이 스트라이크존으로 몰려 들어가지 않았나 생각합니다.

아쉬운 마음에 모렐 허샤이저는 한참 동안 쓴소리를 쏟아냈다. 그사이 마운드를 방문한 오스틴 번은 모렐 허샤이저를 대신해 박건호에게 잔소리를 늘어놓았다.

"대체 무슨 짓을 한 거야?"

"뭐가?"

"뭐가라니? 내가 분명 유인구를 던지라고 했잖아!"

"아, 그랬어? 난 코너를 노리라는 건 줄 알았지."

코너 워크를 요구하는 수신호는 손가락 두 개, 유인구를 원하는 수신호는 손가락 세 개였다.

경우에 따라서는 잘못 보고 던질 수도 있었다.

하지만 오스틴 번은 박건호가 고의로 스트라이크존 안에 공을 밀어 넣었다고 확신했다.

"거짓말하지 마! 삼진을 잡고 싶어서 그런 거 내가 모를 줄 알아?"

오스틴 번이 거칠게 쏘아붙였다. 그 소리가 어찌나 크던지 멀찍이서 지켜보던 코일 시거와 에이든 곤잘레스가 마운드 쪽으로 서너 걸음 다가올 정도였다.

"별일 아니야. 시거, 곤잘레스. 괜찮아요."

흥분한 오스틴 번을 대신해 박건호가 코일 시거와 에이든 곤잘레스에게 수신호를 보냈다. 고작 이런 일로 내야수들을 전부 마운드에 불러 모으고 싶지 않았다.

무엇보다 배터리를 이루는 오스틴 번과 언쟁할 생각 자체가 없었다.

"오스틴, 이런 말 믿을지 모르겠지만…… 나도 모르게 그랬어."

"지금 그걸 변명이라고 하는 거야?"

"진짜야. 믿어줘. 오늘 슬라이더가 별로라는 사실을 깜빡했어."

"후우……."

박건호의 넉살에 오스틴 번도 애써 흥분을 가라앉혔다. 브렛 라우리의 타구가 펜스를 넘어가 버렸다면 상황이 심각했겠지만 다행히도 아직까지 전광판의 점수는 0 대 0이었다.

"잘 들어. 이제 아비게일 가르시아 타석이야. 힘은 좋은데 정확도가 떨어지니까 포심 체인지업으로 잡을 거야. 쓸데없이 삼진 욕심 부리지 말고. 최대한 빨리 이닝을 끝내자. 알았지?"

"그래, 알았어."

"이번에는 사인 똑바로 봐. 또 말도 안 되는 핑계대지 말고."

오스틴 번이 신신 당부를 한 뒤 포수석으로 돌아갔다. 그리고 초구부터 빡빡한 공을 요구했다.

몸 쪽 낮은 코스를 파고드는 포심 패스트볼.

조금만 삐끗했다간 장타를 얻어맞기에 딱 좋은 코스였다.

"후우……."

사인을 확인한 박건호가 길게 숨을 골랐다. 위험하긴 해도 제대로만 던진다면 승부를 유리하게 끌고 갈 수 있었다.

'좋아. 해보자.'

가볍게 고개를 끄덕거린 뒤 박건호가 힘차게 투수판을 박찼다.

후앗!

박건호의 손끝을 빠져나간 공이 한복판을 지나 아비게일 가르시아의 몸 쪽을 파고들었다.

아비게일 가르시아가 순간적으로 움찔거렸지만 군더더기 하나 없는 크로스 파이어 피칭에 꼼짝 없이 당할 수밖에 없었다.

"스트라이크!"

구심도 기다렸다는 듯이 오른팔을 들어 올렸다.

"좋아."

오스틴 번이 고개를 끄덕거렸다. 초구 스트라이크를, 그것도 몸 쪽 승부를 통해 잡아낸 덕분에 아비게일 가르시아를 상대하기가 한결 수월해졌다.

'이제 바깥쪽으로 하나 빼보자고.'

오스틴 번은 2구째 바깥쪽을 파고드는 커브를 주문했다. 아비게일 가르시아가 바깥쪽 변화구에 약한 만큼 곧바로 두 번째 스트라이크를 챙겨볼 생각이었다.

'백도어성 커브를 던지라 이거지?'

박건호는 머릿속으로 커브 궤적을 그려 보았다. 아비게일 가르시아가 벨트 높이로 들어오는 공에 강점을 보이는 만큼 포구 지점을 확실하게 설정할 필요가 있었다.

'좋아.'

계산을 마친 박건호가 단단히 고개를 끄덕였다. 그리고 눈으로 2루 주자 브렛 라우리를 견제한 뒤 오스틴 번의 미트를 향해 힘껏 공을 내던졌다.

후앗!

박건호의 손끝을 떠난 공이 큰 포물선을 그리며 멀찍이 날아들었다. 처음부터 커브를 노리고 있었다면 몰라도 예상치 못한 공이라면 차라리 치지 않고 볼이 되기를 기다리는 게 백 번 나은 상황이었다.

하지만 아비게일 가르시아는 눈높이로 들어오는 새하얀 공에서 눈을 떼지 못하고 방망이를 휘둘러 버렸다.

따악!

방망이 끝 부분에 걸린 타구가 1루 측 파울라인 쪽으로 높이 치솟았다. 그 공을 에이든 곤잘레스가 침착하게 쫓아 가 더그아웃 바로 앞에서 잡아냈다.

"에이든!"

박건호가 냉큼 에이든 곤잘레스에게 달려가 주먹을 내밀었다.

"잘하고 있어, 건."

에이든 곤잘레스가 씩 웃으며 박건호와 주먹을 맞부딪쳤다.

"후우……."

조마조마한 얼굴로 그라운드를 내려다보던 알렉스 인터폴리스 부사장도 가슴을 쓸어내렸다. 그러자 세런 테일러가 웃으며 시원한 음료를 한 잔 내밀었다.

"이것 좀 마셔요, 알렉스."

"고마워, 세런."

꿀꺽. 꿀꺽.

알렉스 인터폴리스 부사장은 단숨에 음료를 비워냈다. 마음 같아서는 음료 대신 시원한 맥주를 들이켜고 싶었지만 아직 축배를 들기에는 이른 시간이었다.

"아마 지금쯤 앤디는 땅을 치며 아쉬워하고 있겠지?"

"글쎄요. 제 생각에는 누구처럼 호들갑 떨지 않고 침착하게 경기를 지켜볼 것 같은데요?"

"누가? 앤디가? 하하. 그건 세런이 앤디를 몰라서 하는 소리야. 앤디는 생긴 것 이상으로 다혈질이라고."

"그건 알렉스도 만만치 않은 거 같은데요."

"이런, 세런. 지금 누구 편을 드는 거야? 설마 앤디 쪽으로 붙을 생각은 아니겠지."

"그러니까 제발 진득하게 경기를 지켜보자고요. 말했잖아요. 카메라들이 언제 어디서 당신을 찍어댈지 몰라요."

"후우……. 나도 그러고 싶은데 정작 경기를 보고 있으면 나도 모르게 피가 끓어오르는 걸 어떻게 해."

"그래도 조금만 더 체면을 지켜요. 다저스의 사장이 되려면 조금 더 진중할 필요가 있다고요."

"나 참."

세런 테일러가 사장 자격을 운운하자 알렉스 인터폴리스 부사장도 어쩔 수 없다며 자리에 엉덩이를 붙이고 앉았다.

하지만 그것도 잠시.

따악!

8번 타자 엔리 에르난데스가 3유간을 꿰뚫는 안타를 때려 내자 언제 그랬냐는 것처럼 자리에서 벌떡 일어나 소리를 내질렀다.

"으앗! 안타다!"

"알렉스!"

"그래! 이번 기회에 한 점 뽑아 보자고! 마운드 위에서 고생하는 건을 생각해!"

순식간에 열혈 관중이 되어버린 알렉스 인터폴리스 부사장을 바라보며 세런 테일러가 고개를 흔들었다. 야구에 대한 알렉스 인터폴리스 부사장의 뜨거운 열정은 높이 평가하지만 전문 경영자로서 가산점을 주기는 어려울 것 같았다.

그렇다고 이제 와서 앤디 프리드먼 사장 라인으로 자리를 옮겨 갈 생각은 없었다.

'이번 내기는 알렉스가 이겼어.'

경기는 아직 3회 초가 진행 중이었지만 세런 테일러는 박건호가 6이닝 3실점보다 좋은 피칭을 보여줄 거라 확신했다.

구속과 무브먼트, 로케이션에 이르기까지 박건호의 컨디션은 확실히 좋아 보였다. 중심 타선과 다시 만나게 되는 4회와 5회만 잘 넘긴다면 에인젤스전 이상의 결과를 낼 수도 있을 것 같았다.

3

"그린, 여기서 대타를 기용하면 어떻게 될까?"

안타를 치고 나간 엔리 에르난데스를 바라보며 데빈 로버츠 감독이 혼잣말처럼 중얼거렸다. 그러자 밥 그린 벤치 코치가 당혹스러운 표정을 지었다.

"진심으로 하는 말입니까?"

"절반쯤? 왠지 이번 이닝에서 점수를 뽑아야 할 것 같은 느낌이 들어서 말이야."

야스마니 그린이 지명타자로 선발 라인업에 포함되면서 7번 타순에 배치됐던 포수 자리가 9번으로 밀려나 버렸다. 그리고 그 9번 타순을 차지한 건 바로 오스틴 번이었다.

만약 무사에 엔리 에르난데스가 출루한 거라면 데빈 로버츠 감독은 망설이지 않고 번트를 지시했을 것이다. 하지만 1사 1루 상황이었다. 아웃 카운트와 진루를 맞바꾸는 건 아무래도 손해 같은 느낌이 들었다.

그렇다고 이대로 오스틴 번을 믿고 맡기는 것도 어려웠다.

오스틴 번의 최근 10경기 타율은 고작 0.125(8타수 1안타)밖에 되지 않았다. 게다가 주력이 빠른 편도 아니었다.

"병살타를 칠까 봐 걱정되십니까?"

"아니라고 하면 거짓말이겠지."

"그럼 작전을 걸죠."

"설마 번트 작전을 쓰자고?"

"그것도 좋지만 득점에 실패하면 골치 아프니까요."

"그럼 뭐? 히트 앤드 런?"

"반대로 가시죠. 분위기 상 좋은 타구가 나오기 어려울 것 같으니까요."

"그런데 오스틴이 성공시켜 줄까?"

"오스틴 입장에서는 차라리 작전을 내주는 편이 나을 겁니다."

"흠……."

데빈 로버츠 감독이 이내 고개를 주억거렸다. 그러자 밥 그린 벤치 코치가 즉시 수신호를 보냈다. 그 사인이 3루 코치 크리스 우드를 통해 오스틴 번에게 전해졌다.

"후우……."

사인을 확인한 오스틴 번이 길게 숨을 골랐다. 그리고 천천히 타석에 들어섰다.

마운드 위에 선 카를로스 론돈의 표정은 비교적 여유로웠다. 오늘 경기 첫 안타를 허용했지만 흔들리는 기색은 없었다. 오히려 묘한 미소를 띠는 게 오스틴 번을 땅볼로 유도해 두 개의 아웃 카운트를 잡아내겠다는 생각을 하는 것 같았다.

'어림없다.'

오스틴 번이 단단히 방망이를 들어 올렸다.

그 순간.

후앗!

카를로스 론돈의 초구가 바깥쪽으로 빠르게 날아들었다.

'정타는 필요 없어. 맞추기만 하면 돼!'

오스틴 번은 눈을 똑바로 뜨고 공을 홈 플레이트 앞까지 불러들였다. 그리고 가볍게 방망이를 휘둘러 공을 건드려 냈다.

따악!

방망이 끝에 걸린 타구가 1, 2루 간으로 굴러갔다. 그런데 타구의 속도가 너무 느렸다. 더블플레이에 대비해 수비 위치를 잡았던 브렛 라우리에게 맡겼다간 오스틴 번을 1루에서 잡는 것밖에 기대할 수 없을 것 같았다.

"내가 잡을게!"

투구를 마친 카를로스 론돈이 곧바로 방향을 틀어 공을 쫓았다. 그러고는 맨손으로 타구를 잡은 뒤 반 바퀴를 돌아 2루를 향해 공을 내던졌다.

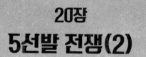

20장
5선발 전쟁(2)

2루를 향해 정확하게 날아가기만 했다면 오늘의 호수비로 선정되기에 충분한 플레이었다.

하지만.

"으앗!"

송구는 그대로 유격수 티미 앤더슨의 키를 넘겨 버렸다. 카를로스 론돈의 손에 공이 제대로 잡히지 않았던 것이다.

내야를 빠져나간 공은 중견수와 우익수 사이로 굴러갔다. 그사이 1루 주자 엔리 에르난데스가 2루를 돌아 3루로 내달렸다.

오스틴 번도 부지런히 발을 놀려 2루까지 들어갔다. 그러고는 박건호에게 보란 듯이 주먹을 들어 보였다.

"누가 보면 2루타라도 친 줄 알겠네."

박건호가 피식 웃음을 흘렸다. 투수 실책으로 2루를 밟은 것 치고는 지나치게 과한 세리머니였다.

하지만 오스틴 번의 덕분에 1사 주자 2, 3루의 득점 기회가 만들어졌다는 점은 부정할 수가 없었다.

"잘했어! 오스틴! 최고야!"

박건호가 더그아웃 난간까지 나와 크게 소리쳤다. 그 모습이 중계 카메라를 통해 고스란히 포착됐다.

─건, 신이 난 것 같은데요.

─상위 타선으로 연결되면서 선취점을 올릴 가능성이 높아졌으니까요. 선발 투수로서 좋아하는 것도 당연해 보입니다.

─이제 앤드 토레스의 두 번째 타석인데요.

─첫 타석에서 카를로스 론돈의 투심 패스트볼에 삼진을 당했죠. 이번에는 앞선 타석의 아쉬움을 만회해 줬으면 좋겠습니다.

다저스 중계진의 시선이 앤드 토레스에게 향했다. 박건호도 조마조마한 심정으로 앤드 토레스의 타석을 지켜보았다.

'제발. 앤드! 하나만 때려주라.'

평소 박건호는 앤드 토레스와 별다른 친분이 없었다. 오히려 야르엘 푸이그에 이어 다저스의 새로운 악동으로 불리는 앤드 토레스와 적당히 거리를 둬왔다.

한국의 기자들이 류현신과 야르엘 푸이그처럼 박건호와 앤드 토레스를 엮으려 애를 써봤지만 그때마다 박건호는 단호하게 선을 그었다.

한국 프로 무대를 거쳐 메이저 리그에 진출한 류현신과 입장이 다를 뿐만 아니라 작은 체구에 깐족거리는 스타일의 앤드 토레스와는 체질적으로 맞지 않았기 때문이다.

그러나 타석에 들어선 앤드 토레스는 이야기가 달랐다. 올해 다저스의 붙박이 1번 타자로 활약하며 3할에 가까운 타율을 올리고 있는 앤드 토레스라면 최소한 선취점을 만들어줄 거라는 기대가 생겼다.

아니나 다를까.

따악!

초구 몸 쪽 포심 패스트볼을 걸러낸 앤드 토레스가 2구째 바깥쪽으로 들어온 슬라이더를 힘껏 때려냈다.

그 타구가 쭉 뻗어 나가더니 워닝 트랙 코앞에서 좌익수 마르키 카브레라의 글러브에 간신히 붙잡혔다.

"제길!"

공이 빠지길 기대했던 앤드 토레스가 짜증을 내뱉었다.

하지만 3루 주자 엔리 에르난데스가 홈을 밟는 데는 아무런 문제가 없었다.

　－엔리 에르난데스! 홈으로 들어옵니다. 다저스가 한 점 앞서 나갑니다!

　－정말 큰 타구가 나왔는데요. 마르키 카브레라의 대응이 조금만 늦었더라도 싹쓸이 3루타가 나올 뻔했습니다.

　－타구가 좌중간으로 날아가긴 했지만 앤드 토레스의 빠른 발이라면 3루도 문제없었겠죠.

　－네, 타구를 지켜봤다면 카를로스 론돈도 한 점으로 막은 걸 다행이라 여길 것 같습니다.

　모렐 허샤이저의 예상대로 카를로스 론돈은 고개를 주억거리며 실점을 받아들였다. 그러고는 한결 홀가분해진 마음으로 2번 타자 저스트 터너를 유격수 땅볼로 유도해 냈다.

　원 스트라이크 원 볼 상황에서 저스트 터너가 몸 쪽을 파고드는 포심 패스트볼을 힘껏 잡아당겼지만 카를로스 론돈의 힘에 밀리고 말았다.

　그렇게 추가 득점을 노리던 다저스 벤치의 기대는 수포로 돌아가고 말았다.

　"후우……."

　박건호도 아쉬움을 감추지 못했다. 앤드 토레스의 타구만 빠져나갔더라도 최소 두 점 이상 앞서갔을 텐데 고작 한 점 밖에 뽑아내지 못했으니 오히려 당한 것 같은 느낌마저 들었다.

그렇다 보니 1 대 0이라는 스코어가 평소보다 더욱 부담스럽게 느껴졌다.

그런 박건호의 속내를 읽은 것일까. 오스틴 번이 마운드까지 쫓아와 잔소리를 늘어놓았다.

"건, 하위 타선이니까 확실하게 잡아내자. 둘 중 한 명이라도 나가면 중심 타선으로 이어질 수도 있어."

"그래, 알고 있어."

"정신 바짝 차려야 해! 한 점 리드하고 있다고 방심하는 거 아니지?"

"내 걱정 말고 빨리 가 봐. 또 지난번처럼 심판한테 한소리 듣지 말고."

잔소리 방어 스킬로 잔소리꾼을 몰아낸 뒤 박건호는 꼼꼼히 마운드를 골랐다. 같은 좌완 투수여서인지는 몰라도 카를로스 론돈의 흔적들이 묘하게 신경을 거슬렀다.

마운드 정비가 끝난 뒤 박건호는 한결 가벼워진 마음으로 연습 투구에 들어갔다.

메이저 리그 규정에 따라 30초 동안 8개의 연습 투구를 마치자 대기 타석에 서 있던 8번 타자 알렉스 아멜라가 왼쪽 타석으로 들어왔다.

'단장 아들 오셨군.'

알렉스 아멜라를 힐끔 바라보던 오스틴 번이 눈매를 굳혔다.

알렉스 아멜라는 현 타이거즈의 단장인 알 아멜라의 아들이었다. 아버지는 단장이고 아들은 메이저 리그 주전 포수이니 이보다 화려한 야구 가족을 찾기도 쉽지 않았다.

그래서 오스틴 번은 알렉스 아멜라를 꼭 삼진으로 잡아내고 싶었다.

커리어 하이 시즌이던 2011년 이후로 알렉스 아멜라는 타격 하향세에 빠져 있었다.

2011년 0.295였던 시즌 타율은 해를 거듭할수록 추락했다.(0.243-0.227-0.218-0.191) 화이트삭스로 옮겨온 지난해에도 타율은 고작 0.213에 머물렀다.

절치부심 부활을 노리던 올해도 알렉스 아멜라의 타격 능력은 크게 향상되지 않았다.

반면 선구안은 더 나빠졌다.

통산 타석당 삼진 확률도 27.5퍼센트로 메이저 리그 평균보다 높은 편이었지만 올해 삼진 확률은 40퍼센트에 육박할 정도였다.

최악이라던 지난해 37.3퍼센트의 삼진 확률을 가볍게 뛰어넘어 버린 것이다.

그래서 오스틴 번은 굳이 까다로운 코스로 공을 요구하지 않았다.

'바깥쪽 포심이라.'

사인을 확인한 박건호가 가볍게 고개를 끄덕였다. 그리고 오스틴 번의 미트를 향해 정확하게 공을 꽂아 넣었다.

퍼엉!

묵직한 포구 소리가 경기장에 울렸다. 그와 동시에 알렉스 아멜라의 표정이 와락 일그러졌다.

'어때? 생각했던 것보다 훨씬 빠르지?'

오스틴 번이 슬쩍 입가를 비틀어 올렸다. 변화구보다는 포심 패스트볼에 강한 알렉스 아멜라가 초구 포심 패스트볼을 놓쳤으니 속이 쓰리는 게 당연하다는 생각이 들었다.

"후우……"

길게 숨을 고르던 알렉스 아멜라가 방망이를 단단히 추켜들었다. 자세를 보아하니 바깥쪽에 또다시 포심 패스트볼이 날아들어 오길 바라는 눈치였다.

하지만 오스틴 번은 알렉스 아멜라에게 얻어맞아 줄 생각이 전혀 없었다.

'자, 건. 이번에는 여기야.'

오스틴 번이 빠르게 손가락을 움직였다. 그리고 미트를 알렉스 아멜라의 몸 쪽에 붙여 넣었다.

'몸 쪽 커브.'

박건호가 천천히 고개를 주억거렸다. 홈 플레이트 쪽에 붙어선 체격 좋은 선수를 상대로 몸 쪽 변화구를 집어넣는다는 게 부담스럽긴 했지만 오스틴 번의 미트를 향해 침착하게 공을 내던졌다.

따악!

느린 커브가 눈에 들어오자 알렉스 아멜라가 빠르게 방망이를 휘둘렀다. 그러나 방망이 손잡이 쪽에 걸린 타구는 그대로 백네트 쪽으로 튕겨져 나가고 말았다.

투 스트라이크 노 볼.

'이제 유인구가 들어오겠지.'

볼카운트가 불리해졌지만 알렉스 아멜라는 속으로 여유를 가졌다.

자신의 타격 컨디션이 좋지 않다는 건 모두가 다 아는 사실이었다. 당연히 무리해서 승부를 걸어오지는 않을 거라고 판단했다.

하지만 오스틴 번은 망설이지 않고 3구째 승부수를 던졌다.

첫 번째 수신호는 손가락 하나.

두 번째 수신호도 손가락 하나.

세 번째 수신호는 새끼손가락.

마지막으로 미트 위치는 알렉스 아멜라의 어깨 높이.

'몸 쪽 높은 하이 패스트볼.'

사인을 확인한 박건호가 가볍게 고개를 끄덕였다. 그리고 있는 힘껏 투수판을 박차며 공을 내던졌다.

후앗!

박건호의 손끝을 빠져나간 공이 곧장 알렉스 아멜라의 얼굴 쪽으로 날아들었다. 그러자 알렉스 아멜라가 화들짝 놀라며 방망이를 움직였다.

전혀 예상하지 못한 몸 쪽 포심 패스트볼이 들어왔으니 어떻게든 걷어내고 다음 기회를 노릴 생각이었다.

하지만 모렐 허샤이저가 극찬을 아끼지 않은 박건호 표 하이 패스트볼은 쉽게 대응할 수 있는 공이 아니었다.

퍼엉!

굼뜬 방망이보다 한발, 아니, 두 발 먼저 스트라이크존을 통과한 공이 그대로 오스틴 번의 미트 속에 파묻혔다. 뒤늦게 알렉스 아멜라의 방망이가 허공을 갈랐을 때는 이미 모든 게 끝나 버린 상태였다.

"스트라이크, 아웃!"

확인사살 같은 구심의 콜 소리가 얄궂게도 울려 퍼졌다.

"좋았어!"

박건호가 가볍게 왼 주먹을 쥐어 보였다. 그렇게 3회 말도 첫 단추를 잘 꿰어냈다.

–건! 알렉스 아멜라에게 오늘 경기 세 번째 삼진을 빼앗아 냅니다!

–마지막 공은 정말 좋았죠. 전광판 구속이 97mile/h($\fallingdotseq$156.1 km/h)까지 찍혔습니다.

–몸 쪽 하이 패스트볼이었죠. 결코 쉽게 던질 수 있는 코스가 아닌데요.

–그렇습니다. 솔직히 높은 코스에 패스트볼을 집어넣기 위해서는 상당한 집중력과 담력이 필요합니다.

–그런데 건은 하이 패스트볼을 자유자재로 던진다는 느낌이 드는데요.

–제가 쇼케이스 때 건을 높이 평가했던 이유도 바로 그 점이 마음에 들었기 때문입니다. 이제 막 고등학교를 졸업했다는 소년이 코일 시거를 상대로 몸 쪽 포심 패스트볼을 던져 댔으니까요.

–다저스의 3회 초 공격이 아쉽게 끝이 나서 건이 부담을 느끼면 어쩌나 걱정했는데 건은 끄덕 없어 보입니다.

–그래도 방심해서는 안 됩니다. 찰리 테이슨이 대기 타석에서 기다리고 있으니까요.

다저스 중계진은 타석에 들어온 9번 타자 저스틴 잭슨보다 대기 타석에서 준비 중인 찰리 테이슨을 경계했다.

지난해 250번 이상의 출루로 91득점을 만들어준 리드오프가 이적했음에도 불구하고 화이트삭스 타선의 득점력이 크게 떨어지지 않은 건 다름 아닌 찰리 테이슨의 준수한 활약 덕분이었다.

박건호─오스틴 번 배터리도 찰리 테이슨을 의식하며 저스틴 잭슨을 상대했다. 저스틴 잭슨이 좌투수와 바깥쪽 코스에 약하다는 걸 철저하게 활용했다.

박건호는 초구와 2구, 연달아 포심 패스트볼을 저스틴 잭슨의 바깥쪽에 찔러 넣어 투 스트라이크를 잡아냈다.

그리고 3구째 몸 쪽 포심 체인지업으로 파울을 유도해 낸 뒤 4구째 바깥쪽에 다시 백도어성 커브를 던져 헛스윙 삼진을 이끌어 냈다.

"스트라이크 아웃!"

구심의 삼진 콜과 함께 두 번째 아웃 카운트 램프에 불이 들어왔다.

"후우……."

삼진 두 개로 투 아웃을 잡아낸 박건호는 한결 여유로운 마음으로 찰리 테이슨을 맞았다.

반면 두 번째 타석에 들어선 찰리 테이슨은 어떻게든 출루를 해야 한다는 책임감에 어깨가 무거웠다.

2사 이후이긴 하지만 리드오프인 찰리 테이슨이 출루하는 것과 또다시 범타로 물러나는 건 의미 자체가 달랐다.

'서두르지 말자.'

찰리 테이슨도 길게 숨을 고르며 출루 의지를 불태웠다. 그러면서 최대한 공을 지켜보기로 마음을 먹었다.

첫 타석 때처럼 박건호가 공격적으로 승부를 걸어오지는 않을 것 같았다. 타선이 한 바퀴 돈 상태였다.

게다가 투구 수에도 여유가 있으니 박건호-오스틴 번 배터리가 레퍼토리의 변화를 시도할 거라고 확신했다.

하지만 연속 삼진으로 자신감을 얻은 박건호는 초구부터 과감하게 몸 쪽에 공을 붙여 넣었다.

퍼엉!

묵직한 포구 소리가 경기장에 울려 퍼졌다.

"스트라이크!"

구심이 망설이지 않고 오른팔을 들어 올렸다.

'젠장할!'

생각지도 못한 몸 쪽 공에 허를 찔린 찰리 테이슨이 질근 입술을 깨물었다. 설사 승부를 걸더라도 까다로운 공이 들어 올 줄 알았는데 대놓고 스트라이크존에 집어 넣어버렸다.

'날 우습게 본다 이거지?'

찰리 테이슨이 신경질적으로 바닥을 골랐다. 그러자 오스틴 번이 슬쩍 입가를 비틀어 올렸다.

'계속 열을 내보라고, 친구.'

시카고 언론은 벌써부터 찰리 테이슨을 화이트삭스의 스타로 키우기 위해 혈안이 되어 있었다. 그래서인지는 몰라도 찰리 테이슨도 스스로 반쯤 슈퍼스타가 됐다고 착각을 하고 있었다.

하지만 냉정하게 봤을 때 찰리 테이슨은 이제 막 풀타임 시즌을 치르는, 약점 많고 더 성장해야 할 루키에 불과했다.

'2구는 여기로.'

오스틴 번이 다시 미트를 몸 쪽으로 붙여 넣었다.

구종은 포심 체인지업.

찰리 테이슨이 포심 패스트볼이라고 착각하고 덤벼들길 바랐다.

사인을 확인한 박건호도 가볍게 고개를 끄덕거렸다. 그러고는 오스틴 번의 미트를 향해 힘껏 공을 내던졌다.

후앗!

박건호의 손끝을 빠져나간 공이 초구와 거의 비슷한 궤적으로 날아들었다.

"감히!"

찰리 테이슨은 망설이지 않고 방망이를 휘돌렸다. 그러나 마지막 순간에 살짝 가라앉은 공을 제대로 맞춰내지 못했다.

따악!

방망이 밑동에 걸린 타구가 느리게 3유간으로 굴렀다. 그 공을 유격수 코일 시거가 가볍게 포구한 뒤 1루수 에이든 곤잘레스의 글러브를 향해 내던졌다.

"아웃!"

찰리 테이슨이 마지막까지 포기하지 않고 내달렸지만 1루심의 판정은 단호했다.

"젠자아앙!"

찰리 테이슨이 헬멧을 내던지며 씩씩거렸다. 그렇게 화이트삭스의 3회 말 공격도 득점 없이 끝나 버렸다.

"오늘 건의 컨디션이 상당히 좋은데?"

마운드를 내려오는 박건호를 바라보며 데빈 로버츠 감독이 만족스러운 표정을 지었다.

다이아몬드 백스전 투구 내용이 좋지 않은 상황에서 휴식일까지 길어져서 제대로 투구나 할 수 있을까 걱정했는데 기우였던 모양이었다.

"지금 건의 투구 수가 몇 개지?"

"28구입니다."

"28구라. 그럼 로키스전하고 비슷한 건가?"

"로키스전 때는 4회까지 29구를 던졌으니 그때보다는 많은 편이죠. 하지만 에인젤스전보다는 좋아 보입니다. 아마 다음 이닝만 잘 넘긴다면 6회까지는 문제없을 것 같습니다."

밥 그린 벤치 코치가 조심스럽게 대답했다. 돌아오는 4회 말 공격이 2번 타자 티미 앤더슨부터 시작되는 터라 아직 완전히 마음을 놓기에는 일렀지만 경기 분위기만 놓고 봤을 때 로키스전 못지않은 호투를 보여줄 것 같았다.

"이제 건의 선발 테스트도 끝낼 때가 된 거 같은데, 자네 생각은 어때?"

"글쎄요. 현장과 프런트의 생각이 항상 일치하는 건 아니니까요."

"그렇게 빼지만 말고 말해봐."

"만약 오늘 건이 이대로만 던져 준다면……."

"던져 준다면?"

"시즌이 끝날 때까지는 5선발로 기용하는 게 좋겠다는 생각입니다."

"듣던 중 반가운 소리야."

데빈 로버츠 감독이 피식 웃었다. 윗선의 눈치를 보느라 박건호에 대해서는 늘 신중한 자세를 유지해 왔던 밥 그린 코치가 5선발을 입에 올릴 정도면 더 이상의 테스트는 무의미하다고 봐야 했다.

이제 남은 건 프런트의 결단이었다. 들리는 이야기로는 알렉스 인터폴리스 부사장이 구단 운영에 직접적으로 참여하겠다는 뜻을 전해 왔다고 한다.

블루제이스 단장 출신인 알렉스 인터폴리스 부사장은 앤디 프리드먼 사장 체제가 실패할 경우를 대비해 데려온 일종의 보험이나 마찬가지였다.

그런데 그 보험이 벌써 구단주의 손 밖으로 나왔으니 경우에 따라서는 앤디 프리드먼 사장과 파렐 자이디 단장의 일방적인 구단 운영에 제동이 걸릴 가능성이 높았다.

"누가 됐건 현장의 목소리를 좀 존중해 줬으면 좋겠는데 말이야."

데빈 로버츠 감독이 푸념하듯 중얼거렸다.

"제가 하고 싶었던 말입니다."

밥 그린 코치가 냉큼 말을 받았다.

"어쨌든, 이제 건을 제대로 한번 키워보자고."

좋은 분위기를 틈타 데빈 로버츠 감독이 박건호의 선발 로테이션 합류를 확정지으려 했다.

하지만 밥 그린 코치는 또다시 발을 뺐다.

"아직 경기 안 끝났어요, 데빈."

앤디 프리드먼 사장과 알렉스 인터폴리스 부사장의 내기가 걸린 경기는 이제 4회로 접어들고 있었다.

지금껏 박건호가 잘 던지긴 했지만 당장 4회에 무슨 일이 벌어질지는 그 누구도 장담할 수 없었다.

하지만 데빈 로버츠 감독은 경기 분위기가 다저스 쪽으로 넘어왔다고 판단했다.

"걱정하지 마. 이번에 타자들이 왕창 점수를 뽑아줄 테니까."

3회에 대량 실점의 위기를 벗어나긴 했지만 카를로스 론돈은 흔들리고 있었다. 4회 초 공격이 중심 타선에 걸린 이상 한두 점 더 도망가는 건 시간문제 같았다.

그러나 실제 4회 초 다저스의 공격은 득점 없이 끝이 났다.

3번 타자 코일 시거와 4번 타자 에이든 곤잘레스가 연속 안타로 출루할 때까지만 해도 분위기는 좋았다.

"내가 뭐랬어?"

데빈 로버츠 감독이 보란 듯이 웃어댔다. 하지만 5번 타자 작 피터슨이 애매한 판정으로 풀카운트 접전 끝에 삼진으로 물러나면서 상황이 꼬여 버렸다.

뒤이어 타석에 들어선 6번 타자 조시 메딕은 추가점에 대한 부담감에 쫓기듯 초구 들어온 몸 쪽 포심 패스트볼을 힘껏 잡아당겼다. 그러나 손잡이 쪽에 걸린 타구는 유격수 티미 앤더슨의 정면으로 굴러가고 말았다.

티미 앤더슨의 송구가 2루수 브렛 라우리의 글러브로. 그 공이 다시 1루수 호세 아브레라의 글러브 속으로.

6-4-3으로 이어지는 깔끔한 더블플레이가 나오면서 무사 1, 2루의 득점 기회도 허무하게 날아가 버렸다.

―아, 조시 메딕. 너무 성급했습니다. 확연히 빠지는 공이었는데요.

―아마도 조시 메딕이 몸 쪽 포심 패스트볼을 노리고 있었던 것 같습니다.

―이렇게 되면 건이 또다시 부담을 갖게 될 텐데요.

―투수 입장에서는 점수가 날 상황이 무산되면 아무래도 쫓기는 듯한 느낌을 받을 수밖에 없으니까요.

―게다가 화이트삭스의 4회 말 공격은 2번 타자 방금 전 좋은 수비를 보여주었던 2번 타자 티미 앤더슨부터 시작됩니다. 그다음은 클린업 트리오가 기다리고 있는데요.

―첫 타자인 티미 앤더슨과의 승부가 중요합니다. 티미 앤더슨을 잡고 가느냐, 그렇지 못하느냐에 따라 이닝의 결과가 달라질 가능성이 높습니다.

다저스 중계진이 한숨을 내쉬는 사이 박건호는 터벅터벅 마운드에 올라갔다.

3회와 4회 분위기만 놓고 보자면 적어도 3 대 0 정도로는 앞서가야 하는 상황이었다. 하지만 전광판의 점수는 여전히 1 대 0에서 멈춰 있었다.

"이놈의 변비 타선 같으니."

박건호가 나직이 한숨을 내쉬었다. 한국에서 메이저 리그 경기를 즐겨볼 때도 느꼈던 거지만 열심히 차려놓은 밥상을 돌아가며 엎어버리는 건 다저스를 따라갈 팀이 없었다.

지난해 다저스의 팀 타율은 고작 0.249에 불과했다. 내셔널 리그 서부 지구 전체 4위, 내셔널 리그 전체 11위 성적이었다.

올해 다저스의 공격 지표도 작년과 별반 다를 바 없었다.

팀 타율 지구 4위(내셔널 리그 10위)

팀 출루율 지구 4위(내셔널 리그 9위)

팀 장타율 지구 3위(내셔널 리그 7위)

팀 홈런 지구 4위(내셔널 리그 11위)

그나마 봐 줄 만한 장타율을 제외하고는 내셔널 리그 하위권을 전전하고 있었다.

앤디 프리드먼 사장 부임 이후 고액 연봉을 받는 스타플레이어들이 정리되었다고 해도 월드 시리즈 우승을 노리는 팀의 타선과는 다소 거리가 있었다.

그나마 지금까지는 투수력으로 버텨왔지만 스캇 카이저가 부진하고 류현신의 복귀가 무산된 올 시즌은 잇몸조차 성치 않은 상황이었다.

경기를 책임져 줄 선발 투수의 부재는 불펜의 과부하로 이어졌다. 불펜이 흔들리자 다시 선발진에 부담이 가중됐다.

최대한 긴 이닝을 최소 실점으로 막아주는 게 선발 투수의 본분이라고는 하지만 매 경기마다 그런 심리적인 압박을 견뎌내기란 말처럼 쉬운 일이 아니었다.

"승리 욕심은 버리자."

로진백을 주물럭거리며 박건호가 애써 욕심 하나를 털어냈다. 예상대로 타자들이 점수를 뽑아줬다면 또 몰라도 고작 1대 0인 상황에서 선발승에 집착하는 건 오만한 짓이었다.

"일단은 6회까지."

박건호는 자신의 최다 투구 이닝을 경신하는 데 초점을 맞췄다.

지금까지 최다 투구 이닝은 5.1이닝(에인젤스전)

여기서 두 개의 아웃 카운트를 더 잡아내는 게 오늘의 목표였다.

일단 지금까지의 투구는 나쁘지 않았다.

10타자를 상대로 피안타는 단 하나만 내줬다. 사사구도 없었다. 대신 삼진을 4개나 잡아냈다.

이 기세가 이어진다면 개인 한 경기 최다 탈삼진(6개, 로키스전)기록도 충분히 갈아치울 수 있을 것 같았다.

그러기 위해서는 일단 중심 타선이 들어서는 이번 이닝을 실점 없이 막아내야 했다.

"후우……."

박건호가 손에 묻은 로진 가루를 길게 불어냈다. 그사이 타석에는 2번 타자 티미 앤더슨이 들어와 있었다.

지난 시즌 메이저 리그에 데뷔한 티미 앤더슨은 찰리 테이슨과 함께 젊은 테이블 세터로서 제몫을 다해주고 있었다.

정교함은 물론이고 두 자리 수 홈런을 때려낼 수 있는 펀치력도 가지고 있었다. 게다가 작년에 비해 타석에서의 인내심도 상당히 좋아졌다.

무엇보다 티미 앤더슨은 좌완 투수에게 강했다. 앞선 타석에서 땅볼로 돌려세웠다고 해서 방심했다간 큰코다칠 수 있었다.

'건, 일단 하나 유도해 보자.'

오스틴 번은 초구에 몸 쪽을 깊숙이 파고드는 슬라이더를 요구했다. 오늘 슬라이더의 무브먼트가 썩 좋은 건 아니지만 성급한 티미 앤더슨의 방망이를 끌어내기 위한 유인구로서는 충분히 활용 가치가 있다고 여겼다.

사인을 확인한 박건호가 가볍게 고개를 끄덕였다. 그리고 오스틴 번이 설정해 준 미트를 향해 힘껏 공을 내던졌다.

후앗!

박건호의 손끝을 빠져나간 공이 한복판을 지나 티미 앤더슨의 몸 쪽으로 파고들었다.

"왔다!"

티미 앤더슨은 망설이지 않고 방망이를 내돌렸다. 다소 밋밋해진 슬라이더의 궤적이 꼭 체인지업처럼 느껴졌던 것이다.

그러나 마지막 순간에 몸 쪽으로 꺾여들어 간 공은 방망이 중심부를 지나 손잡이 부분에 걸려 버렸다.

따악!

먹힌 타구가 그대로 3루 쪽 파울 라인을 벗어났다.

"후우······."

반사적으로 1루를 향해 뛰었던 티미 앤더슨이 가슴을 쓸어내리며 타석으로 돌아왔다.

"이쪽도 손해 볼 건 없어."

볼을 던져 스트라이크를 얻어낸 박건호가 슬쩍 입가를 비틀어 올렸다.

'2구는 여기로.'

티미 앤더슨의 타격 자세를 꼼꼼히 살피던 오스틴 번이 빠르게 손가락을 움직였다.

첫 번째 수신호는 손가락 두 개.

두 번째 수신호도 손가락 두 개.

세 번째 수신호는 새끼손가락.

바깥쪽을 파고드는 백도어성 커브였다.

"좋아."

박건호가 가볍게 고개를 끄덕였다. 그리고 오스틴 번의 미트를 향해 재빨리 공을 내던졌다.

후앗!

박건호의 손끝을 빠져나간 공이 포물선을 그리며 홈 플레이트 바깥쪽으로 날아들었다.

"……!"

빠른 공에 타이밍을 맞추고 있던 티미 앤더슨은 방망이를 내밀지 못했다. 그저 불안한 눈으로 공이 스트라이크존을 빠져나가기만을 바랐다.

하지만 마지막 순간에 홈 플레이트 쪽으로 말려 들어간 공은 구심의 스트라이크 콜을 이끌어 내는 데 성공했다.

"이게 스트라이크라고요?"

티미 앤더슨이 말도 안 된다며 구심을 바라봤다. 그러나 구심의 태도는 단호했다.

"들어왔어."

"빠졌잖아요. 제대로 본 거 맞아요?"

"들어왔다고. 그렇게 못미더우면 나중에 영상을 찾아보든가."

"젠장할!"

티미 앤더슨이 질근 입술을 깨물었다.

하지만 열을 낸다고 해서 투 스트라이크로 몰린 상황이 달라지진 않았다.

'유인구로 하나 빼는 게 어떨까?'

오스틴 번이 3구째 바깥쪽으로 떨어지는 체인지업을 요구했다. 스트라이크존으로 들어오다가 마지막 순간에 훅 가라앉는 공을 던질 수만 있다면 티미 앤더슨을 충분히 속여 넘길 수 있다고 생각했다.

그러나 박건호는 천천히 고개를 저었다.

'빠른 공으로 승부를 보자 이거지?'

오스틴 번이 피식 웃으며 다시 하이 패스트볼 사인을 냈다. 커트당할 가능성을 배제하기 어렵지만 빠른 공도 충분히 좋은 결과를 이끌어낼 수 있을 것 같았다.

하지만 박건호는 이번에도 고개를 흔들어 댔다.

'뭐야? 대체 뭐가 마음에 안 드는데?'

오스틴 번이 반사적으로 몸을 일으켰다. 그러다 뭔가를 떠올리고는 다시 자리에 주저앉아 조심스럽게 손가락을 움직였다.

'설마…… 이걸 원하는 건 아니지?'

오스틴 번이 먼저 손가락 두 개를 펼쳤다. 그다음에 또다시 손가락 두 개를 접었다 펼쳤다. 그리고 마지막으로 새끼손가락을 살짝 들어 올렸다.

그러자 박건호가 씩 웃으며 고개를 끄덕였다.

'허……!'

오스틴 번은 그저 어처구니가 없었다.

2구째 바깥쪽으로 들어온 커브로 인해 잔뜩 열이 받아 있을 티미 앤더슨에게 또다시 같은 코스에 커브를 던지자니.

대담하다 못해 무모해 보일 지경이었다.

그러나 오스틴 번은 이내 고개를 주억거렸다. 메이저 리그 데뷔 2년 차인 선수라면 충분히 허를 찌를 수도 있다고 판단했다.

'커브가 들어왔으니 3구째는 빠른 구종을 생각하겠지. 스트라이크존을 넓게 보면서 말이야. 적어도 이 공을 노리지는 않을 테니까 한번 시도해 보는 것도 나쁘지 않겠어.'

오스틴 번이 조심스럽게 미트를 들어 올렸다. 그 모습을 곁눈질로 바라본 티미 앤더슨도 방망이를 더욱 힘껏 움켜쥐었다.

그 순간.

후앗!

박건호의 손끝을 빠져나간 공이 또다시 큰 포물선을 그리며 날아들었다.

'젠장!'

빠른 공을 의식해 테이크백에 들어갔던 티미 앤더슨이 팔을 쭉 뻗었다.

목표는 파울.

어떻게든 공을 건드려 낸 뒤 한 번 더 타석에 들어설 생각이었다.

그러나 2구째보다 공 하나 정도 바깥쪽으로 흘러 나간 공은 티미 앤더슨의 스윙 궤적을 아슬아슬하게 피해 지나가 버렸다.

"스트라이크, 아웃!"

구심이 기다렸다는 듯이 큰 목소리로 외쳤다.

그렇게 박건호는 오늘 경기 5번째 탈삼진을 달성했다.

"저 친구, 제법이군."

티미 앤더슨의 타석을 지켜보던 화이트삭스 로벤 벤츄라 감독이 헛웃음을 흘렸다.

오늘 박건호가 선발이라고 해서 내심 수월한 승리를 기대했는데 정작 분위기는 정반대로 흐르고 있었다.

"넋 놓고 보고 있을 때가 아닙니다. 이러다 오늘 경기를 내주게 될지도 몰라요."

벤치 코치 제이 맥윙이 걱정스런 얼굴로 말했다. 올 시즌 다저스와 잡힌 인터 리그 경기는 고작 4경기뿐이었다. 홈 2연전, 그리고 원정 2연전.

다저스와 리그 자체가 다르다곤 해도 포스트시즌 진출을 위해서는 최소 반타작은 해야 했다.

당초 화이트삭스의 홈 2연전 최소 목표는 1승 1패.

박건호가 선발로 나오는 경기를 무조건 잡고 슬레이튼 커쇼가 나오는 내일 경기에서 승부를 보는 것이었다.

내일 경기를 잡으면 2승, 설사 패배해도 1승 1패.

이것이 화이트삭스 코칭스태프가 생각하는 최선이었다.

다행히 전망은 좋았다. 전략분석 파트는 물론이고 몇몇 지역 일간지에서도 선발 등판 경기 추세를 들어 박건호가 5회 이전에 강판될 가능성이 높다고 예상했다.

하지만 정작 박건호는 3회까지 무실점 호투를 이어갔다. 그것으로도 모자라 4회 첫 타자를 삼진으로 잡아내며 바짝 기세를 올렸다.

만약 이번 이닝에서도 점수를 뽑아내지 못한다면 박건호를 5회 안에 강판시키는 시나리오는 물거품이 될 수밖에 없었다.

그런데 감독이란 작자가 팔자 편하게 감탄이나 늘어놓고 있으니 제이 맥윙 코치는 속이 타들어갔다.

그러나 로벤 벤츄라 감독은 벌써부터 호들갑 떨 필요 없다고 말했다.

"이제 4회야. 그리고 이제 두 번째 타순이라고. 마르키는 몰라도 호세는 컨디션이 좋으니까 분명 뭔가 보여 줄 거야."

전광판의 점수는 1 대 0이었다. 큰 것 한 방이면 언제든 경기 분위기는 달라질 수 있었다.

로벤·벤츄라 감독은 특히나 호세 아브레라에게 기대를 걸었다. 후반기 들어 3개의 홈런포를 때려내며 4년 연속 20홈런 달성을 하나 남겨둔 호세 아브레라라면 박건호에게 두 번 당하지 않을 것이라고 여겼다.

3번 타자 마르키 카브레라는 로벤 벤츄라 감독의 예상대로 범타로 물러났다.

초구 몸 쪽 꽉 차게 들어오는 스트라이크를 지켜 본 뒤 2구째 바깥쪽 포심 체인지업에 방망이를 내돌렸지만 빗맞은 타구는 2루수 땅볼이 되고 말았다.

"후우…….''

1루를 향해 반쯤 내달렸다가 마운드를 지나 3루 쪽 더그아웃으로 몸을 돌리는 마르키 카브레라를 바라보며 박건호가 길게 숨을 골랐다.

고작 공 5개 던졌을 뿐인데 벌써 투 아웃을 잡아냈다. 이대로 마지막 아웃 카운트만 잡아내면 오늘 경기도 한숨 돌릴 수 있을 것 같았다.

그사이 타석에 4번 타자 호세 아브레라가 들어왔다.

─4번 타자 호세 아브레라입니다. 첫 번째 타석에서는 건에게 삼진을 당했습니다.

─볼카운트 투 스트라이크 원 볼에서 몸 쪽 하이 패스트볼

승부를 가져간 게 좋은 결과로 이어졌습니다.

　-하지만 건, 첫 타석 때의 결과만 생각하고 쉽게 승부해서는 절대 안 됩니다.

　-한 점 차 승부에서 투수가 가장 조심해야 하는 게 바로 장타니까요.

　-참고로 호세 아브레라는 어제 경기까지 19개의 타구를 담장 밖으로 날려 보냈습니다. 건이 호세 아브레라의 대기록 작성의 희생양이 되지 않기를 바랍니다.

　다저스 중계진이 긴장감을 높였다. 호세 아브레라는 화이트삭스의 4번 타자였다. 그리고 메이저 리그 4번 타자들은 중요한 순간에 큰 것 하나로 분위기를 반전시키는 능력을 갖추고 있었다.

　'정면 승부는 위험해. 최대한 유인구로 가자.'

　오스틴 번도 신중하게 사인을 냈다.

　첫 번째 수신호는 손가락 두 개.

　두 번째 수신호는 손가락 한 개.

　세 번째 수신호는 새끼손가락.

　'바깥쪽 포심 패스트볼.'

　박건호가 길게 숨을 골랐다. 포심 패스트볼에 극단적으로 강한 호세 아브레라에게 초구부터 포심 패스트볼을 던져야 한다고 생각하니 절로 가슴 한편이 묵직해진 기분이 들었다.

하지만 다른 길은 없었다. 호세 아브레라 같은 타자를 상대로 우위에 설 수 있는 유일한 방법은 볼카운트를 유리하게 끌고 가는 것뿐이었다.

볼카운트에서 우위에 서기 위해서라도 초구를 반드시 스트라이크로 만들어야 했다.

'마지막까지 침착하게…….'

머릿속으로 가장 이상적인 포심 패스트볼의 궤적을 떠올린 뒤 박건호가 힘차게 투수판을 박차고 나갔다.

후앗!

박건호의 손끝을 빠져나온 공이 좌타자의 무릎 앞쪽으로 날아들었다. 그러자 호세 아브레라가 기다렸다는 듯이 방망이를 휘돌렸다.

따악!

낮게 깔려 들어오던 공과 매섭게 달려든 방망이가 한 점에서 만났다. 그리고 타구는 높게 치솟아 1루 측 관중석 쪽으로 넘어가 버렸다.

"크으으!"

호세 아브레라가 안타까움을 터뜨렸다. 노리던 공이 들어오긴 했는데 생각 이상으로 공의 움직임이 좋았다.

"후우……."

박건호도 뜨거운 숨을 내쉬었다. 상대가 호세 아브레라라 마지막까지 집중해서 공을 던진 게 다행히도 좋은 결과로 이어진 것 같았다.

소득은 그것만이 아니었다.

'방금 전 느낌, 좋은데?'

낮은 코스로만 던지려고 하면 좀처럼 달라붙지 않던 공이 이번만큼은 제대로 손끝에 채인 기분이었다.

'하나 더 던져 볼까?'

박건호가 잔뜩 상기된 얼굴로 오스틴 번을 바라봤다. 하지만 오스틴 번은 보란 듯이 포심 체인지업 사인을 냈다.

매정하게 느낄지 몰라도 지금은 경기 중이었다.

큰 것 한 방이면 동점이 되는 상황에서 박건호의 투구 연습을 위해 위험을 감수할 수는 없는 노릇이었다.

박건호도 이내 고개를 주억거렸다. 낮은 포심 패스트볼에 대한 자신감을 찾는 것보다 더 중요한 건 눈앞의 호세 아브레라를 잡아내는 것이었다.

'제발 속아라!'

글러브 속에서 그립을 살짝 비틀어 쥔 뒤 박건호가 빠르게 공을 내던졌다.

후앗!

박건호의 손끝을 떠난 공이 거의 초구처럼 바깥쪽으로 날아들었다. 하지만 호세 아브레라는 그대로 공을 지켜보았다. 미묘한 회전의 차이를 통해 포심 패스트볼이 아닌 유인구가 들어왔다는 사실을 알아챈 것이다.

퍼억!

오스틴 번이 마지막 순간에 떨어지는 공을 받쳐 들었지만 이번에는 구심의 스트라이크 콜을 받아내지 못했다.

'역시 만만치가 않아.'

잠시 호세 아브레라를 살피던 오스틴 번이 조심스럽게 가랑이 사이에서 손가락을 움직였다.

첫 번째 수신호는 손가락 세 개.

두 번째 수신호도 손가락 세 개.

세 번째 수신호는 엄지손가락.

사인을 확인한 박건호가 천천히 고개를 끄덕거렸다. 오스틴 번의 요구대로 슬라이더를 몸 쪽으로 붙여 파울을 유도해 내는 것도 나쁠 것 같지 않았다.

투수판을 밟고 잠시 뜸을 들인 뒤 박건호가 오스틴 번의 미트를 향해 빠르게 공을 내던졌다.

따악!

빠른 공이 한복판을 지나 몸 쪽으로 파고들자 호세 아브레라가 망설이지 않고 방망이를 휘돌렸다. 그리고 그 타구가 3루 라인 선상을 따라 빠르게 굴러갔다.

'빠지면 안 돼!'

박건호가 황급히 3루 쪽으로 고개를 돌렸다. 3루수 저스트 터너가 3루 파울라인 근처에서 자리를 잡고 있긴 했지만 타구의 속도가 워낙 빨라 여차하면 빠져나갈 것만 같았다.

그러나 낮게 깔려 뻗어 나간 타구는 저스트 터너의 글러브 속에 걸리고 말았다. 길목을 지키고 있던 저스트 터너가 망설이지 않고 몸을 날린 결과였다.

"터너! 1루로!"

유격수 코일 시거가 냉큼 소리쳤다. 저스트 터너도 황급히 몸을 일으킨 뒤 1루수 에이든 곤잘레스의 글러브를 향해 힘껏 공을 내던졌다.

퍼억!

타악!

저스트 터너의 송구와 호세 아브레라의 발이 거의 동시에 1루 베이스에 도착했다.

"세이프!"

1루심은 일단 양팔을 벌렸다. 그러자 백업 플레이에 들어갔던 오스틴 번이 즉시 다저스 더그아웃 쪽으로 신호를 보냈다.

"이게 왜 세이프야?"

데빈 로버츠 감독도 망설이지 않고 더그아웃을 박차고 나왔다. 그러고는 곧바로 비디오 판독을 신청했다.

-다저스, 챌린지를 요청합니다.

-느린 화면을 다시 봐야겠습니다만 판정을 내리기가 쉽지 않은 상황 같은데요.

-다시 한번 보시죠. 아…… 이 각도에서는 잘 모르겠는데요.

-이렇게 되면 다른 각도에서 보더라도 큰 차이가 없을 것 같은데요.

-이게 1루 측에서 본 장면인데, 흠……. 어렵네요.

-그래도 호세 아브레라의 발이 베이스에 닿기 전에 에이든 곤잘레스의 글러브 속에 먼저 공이 들어간 것 같긴 하네요.

-문제는 완전한 포구의 여부겠죠.

-네, 이 상황을 공이 글러브에 들어가고 있는 과정이라고 판단한다면 세이프를 줘도 할 말이 없을 것 같습니다.

-만에 하나 세이프가 나오더라도 건이 의연해야 할 텐데요.

-저도 그 부분이 걱정입니다. 오늘 경기의 승부처라고 해도 과언이 아닌 상황이니까요. 아웃이 된다면 좋겠지만 심판의 판정에 너무 집착하지 않았으면 좋겠습니다.

다저스 중계진은 신중한 입장을 보였다. 그러면서 박건호가 이번 판정으로 인해 흔들리지는 않을까 걱정했다.

하지만 정작 박건호는 최고의 수비를 보여준 저스트 터너를 놀리느라 정신이 없었다.

"터너, 괜찮아요? 어디 부러진 건 아니죠?"

"부러진 건 아닌데 갈비뼈가 욱신거려."

"그러니까 살살해요. 그러다 다쳐서 내 탓 하지 말고."

"걱정해 주는 건 좋은데…… 지금 나 나이 많다고 놀리는 거 맞지?"

"아무튼 눈치는 빠르다니까."

박건호가 저스트 터너가 말싸움이라도 하는 줄 알고 냉큼 다가왔던 코일 시거도 입담 대결에 합류했다.

"터너, 힘들면 말해요. 내가 커버해 줄 테니까."

"코일, 너까지 날 영감 취급 하는 거야?"

"영감 취급이라니. 말은 확실히 하자고요. 오늘 선발 출전하고 있는 선수들 중에 터너가 두 번째로 나이가 많은 건 사실이잖아요."

"젠장, 너희는 안 늙을 줄 알아?"

"힘들게 흥분하지 말고 그 글러브나 줘봐요. 내가 대신 털어줄게."

"됐어! 저리 가라고!"

박건호와 코일 시거, 저스트 터너가 웃고 떠드는 사이 리플레이 통제 센터에서 최종 결과가 나왔다.

"아웃!"

결과를 전해 들은 구심이 곧바로 주먹을 들어 올렸다. 그러자 관중석 곳곳에서 야유가 터져 나왔다.

"이게 왜 아웃이야!"

"다시 보라고! 이 멍청이들아!"

1루를 굳게 밟고 있던 호세 아브레라도 이해할 수 없는 결과라며 고개를 절레절레 흔들어 댔다.

반면 박건호는 한가득 입을 찢어 올렸다. 솔직히 심판 판정이 번복될 거라고는 기대하지 않았는데 운이 따른 것 같았다.

박건호가 마운드를 내려오자 1루수 에이든 곤잘레스가 슬그머니 말을 걸었다.

"건, 저스트하고 무슨 이야기를 그렇게 재미있게 한 거야?"

"별 이야기 안 했는데요?"

"칭찬을 해준 거면 나한테도 하라고. 내가 팔을 쭉 뻗어서 공을 잡지 않았다면……."

"나이 이야기했는데 정말 해줘요?"

"커흠, 왜 쓸데없이 그런 이야기를 하고 그래?"

에이든 곤잘레스가 괜히 헛웃음을 흘렸다. 오늘 경기 선발 출전한 선수들 중 저스트 터너보다 나이가 많은 건 에이든 곤잘레스뿐이었기 때문이다.

하지만 박건호는 에이든 곤잘레스와 저스트 터너를 괄시하고 싶은 마음이 눈곱만큼도 없었다.

세계 최고의 선수들이 경쟁하는 메이저 리그다. 나이를 떠나 기본적으로 실력이 뒷받침되지 않는다면 결코 살아남을 수 없는 곳이었다.

"에이든, 그런 의미에서 오늘 홈런 한 방 어때요?"

"맨입으로?"

"지금 불쌍한 루키 뜯어먹겠다는 소리는 아니죠?"

"그럼 LA로 돌아가서 피자라도 돌리라고."

"피자 정도라면야."

"좋아, 나중에 딴소리 말라고."

에이든 곤잘레스가 의욕을 불태웠다.

하지만 5회 초, 다저스의 공격은 또다시 삼자범퇴로 끝이 나버렸다.

지명타자로 출전한 7번 타자 야스마니 그린은 평범한 투수 앞 땅볼로 물러났다.

투 스트라이크 이후 3구째 몸 쪽 슬라이더는 잘 참아냈지만 4구째 바깥쪽으로 떨어지는 슬라이더에 방망이를 내밀고 말았다.

8번 타자 엔리 에르난데스는 중견수 플라이로 아웃됐다. 원 스트라이크 원 볼 상황에서 야스마니 그린과 마찬가지로 바깥쪽 체인지업을 건드려봤지만 방망이 중심에 맞춰 내지 못했다.

9번 타자 오스틴 번은 삼진을 당했다. 초구와 2구, 연거푸 들어온 포심 패스트볼을 놓치며 고생길을 자처했지만 3구와 4구째 들어온 유인구를 침착하게 걸러내며 또다시 반전 드라마를 쓸 것처럼 굴었다.

하지만 카를로스 론돈이 이 악물고 내던진 5구째 바깥쪽 포심 패스트볼이 스트라이크 판정을 받으며 오스틴 번의 타석은 끝나고 말았다.

"젠장. 건, 다른 녀석은 몰라도 알렉스는 꼭 삼진으로 잡아 줘. 알았지?"

오스틴 번이 알렉스 아멜라를 노려보며 빠득 이를 갈았다. 알렉스 아멜라의 프레이밍 때문에 삼진을 먹었다고 생각한 모양이었다.

"알았어. 대신 이번 이닝도 제대로 리드해 줘."

박건호가 피식 웃으며 오스틴 번의 어깨를 두드렸다. 이제 5회였다. 모름지기 선발 투수라면 5회까지는 어떻게든 막아 줘야 했다.

그러자 오스틴 번이 걱정할 것 없다며 고개를 끄덕였다.

"나만 믿으라고, 건."

5회 말 선두 타자는 토드 프레이즈. 지난 2년간 화이트삭스

타자 중 가장 많은 홈런포를 날린 선수였다.

하지만 바로 직전에 상대했던 호세 아브레라에 비해서는 약점이 많은 타자였다.

'일단 스트라이크부터 잡고 가자고.'

오스틴 번이 초구에 바깥쪽에 꽉 찬 포심 패스트볼을 요구했다.

어지간한 강타자들에게는 쉽게 던질 수 없는 코스였지만 토드 프레이즈는 의외로 바깥쪽 빠른 공에 약했다. 그리고 우투수보다 좌투수에게 약한 편이었다.

사인을 확인한 박건호가 가볍게 고개를 끄덕였다. 190㎝에 100㎏이 넘어가는 거구에서 느껴지는 위압감이 상당했지만 토드 프레이즈를 무시한 채 오스틴 번이 만들어준 포구점을 향해 힘껏 공을 내던졌다.

퍼엉!

박건호의 손을 빠져나간 공이 순식간에 오스틴 번의 미트 속에 처박혔다.

오픈 스탠스로 공을 기다리던 토드 프레이즈가 재빨리 다리를 끌어당겼지만 그보다 먼저 공은 홈 플레이트를 스쳐 지나가고 말았다.

"후우……."

토드 프레이즈가 길게 숨을 내쉬었다.

전광판에 찍힌 구속은 96mile/h(≒154.5km/h).

투구 수가 적어서인지는 모르겠지만 아직까지도 공에서 힘이 느껴졌다.

'만만치가 않겠어.'

토드 프레이즈는 잠시 타석에서 벗어나 생각을 정리했다. 박건호의 포심 패스트볼을 노리고 타석에 들어섰는데 초구를 보니 정타를 때려내기가 쉽지 않을 것 같았다.

'포심 패스트볼은 걷어내고 슬라이더를 노리자.'

다시 타석에 들어선 토드 프레이즈가 방망이를 들어 올렸다. 앞선 타석 때는 타이밍이 맞지 않았지만 포심 패스트볼 타이밍으로 날아들다가 마지막 순간에 우타자 몸 쪽으로 꺾여 들어오는 슬라이더라면 충분히 안타를 때려낼 자신이 있었다.

그러나 오스틴 번은 성급하게 슬라이더를 쓸 생각이 없었다.

'이젠 체인지업을 한번 보여줄까?'

오스틴 번이 또다시 바깥쪽으로 미트를 들어 올렸다. 그 순간.

후앗!

박건호의 손끝을 빠져나간 공이 빠르게 홈 플레이트 바깥쪽을 파고들었다.

'슬라이더!'

토드 프레이즈는 박건호가 앞선 타석 때 던졌던 그 슬라이더를 다시 던진 거라고 여겼다. 그래서 슬라이더가 꺾여 들어올 걸 대비해 방망이를 끌어당겼다.

하지만 정작 공은 홈 플레이트 앞쪽에서 속력이 줄더니 뚝하고 떨어져 내렸다.

"크으!"

시원하게 헛스윙을 한 토드 프레이즈가 매섭게 오스틴 번을 노려봤다. 슬라이더일 거라 여겼는데 체인지업이라니. 수싸움에서 완벽하게 당한 기분이었다.

그러나 오스틴 번이 준비한 선물은 아직 끝나지 않았다.

'지금쯤 머릿속이 복잡하겠지? 그럼 이건 어떨까?'

오스틴 번이 가랑이 속에서 손가락을 움직였다.

첫 번째 수신호는 손가락 두 개.

두 번째 수신호도 손가락 두 개.

세 번째 수신호는 엄지손가락.

'몸 쪽 커브라.'

사인을 확인한 박건호가 길게 숨을 내쉬었다. 커브 사인이 나올 거라 예상은 했지만 몸 쪽, 그것도 높은 코스는 조금 당혹스러웠다.

물론 데이터상으로 토드 프레이즈는 몸 쪽 높은 코스의 변화구에 약했다.

하지만 그 코스에 느린 커브를 집어넣는다는 게 말처럼 쉬운 일은 아니었다.

만에 하나 조금이라도 몰린다면.

만에 하나 조금이라도 밋밋하게 들어간다면.

상대는 토드 프레이즈였다. 그다음은 상상할 필요조차 없었다.

그러나 박건호는 이내 고개를 주억거렸다.

투 스트라이크 노 볼 상황이었다. 토드 프레이즈 입장에서는 스트라이크존을 최대한 넓게 봐야 할 테니 몸 쪽 커브에 제대로 대처하지 못할 가능성이 컸다.

'박건호! 집중하자!'

속으로 스스로를 다그친 뒤 박건호가 오스틴 번의 미트를 향해 힘껏 공을 내던졌다.

후앗!

박건호의 손끝을 빠져나간 공이 큰 포물선을 그리며 토드 프레이즈의 몸 쪽으로 파고들었다.

토드 프레이즈가 반사적으로 방망이를 내돌려봤지만 머릿속에 빠른 공을 염두에 두고 있던 터라 뚝 하고 떨어지는 커브의 움직임에 제대로 대처해 내지 못했다.

퍼억!

예상보다 조금 높은 코스로 날아든 공을 오스틴 번이 여유롭게 받아냈다.

"스트라이크, 아웃!"

뒤이어 구심이 가볍게 오른팔을 들어 올렸다.

ㅡ건! 토드 프레이즈를 3구 삼진으로 돌려 세웁니다! 정말 대담한 공을 던졌는데요.

ㅡ커브가 높게 들어갔는데 토드 프레이즈가 참아내질 못했습니다.

ㅡ솔직히 위력적인 커브였다라고 말하긴 어려운 공인데요.

ㅡ아마도 토드 프레이즈가 몸 쪽 빠른 공을 노리고 있다가 엉겁결에 방망이를 휘두른 것 같습니다.

다저스 중계진은 박건호의 이번 삼진은 운이 따른 결과라고 평가했다. 중심 타자로서의 중압감과 1 대 0이라는 점수 차이가 토드 프레이즈를 성급하게 만들었다고 덧붙였다.

그러면서 박건호에게 삼진이라는 결과에 들뜨지 말고 조금 더 집중력 있는 투구를 이어가야 한다고 주문했다.

이제 다음 타자는 6번 타자 브렛 라우리였다. 바로 전 타석에서 박건호에게 첫 안타를 빼앗아 낸 장본인이었다.

'오래 기다렸다.'

브렛 라우리가 타석에 들어서자 박건호가 질근 입술을 깨물었다. 오스틴 번이 상대 포수인 알렉스 아멜라에게 빚을 졌다면 박건호는 브렛 라우리에게 되갚아줄 게 있었다.

오스틴 번도 브렛 라우리를 이대로 돌려보낼 생각이 없다며 초구부터 바깥쪽으로 빡빡한 공을 요구했다.

'간다!'

사인을 확인한 박건호가 곧바로 투수판을 박차고 나갔다.

퍼엉!

순식간에 허공을 가른 공이 오스틴 번의 미트에 파묻혔다.

"스트라이크!"

구심이 기다렸다는 듯이 오른팔을 들어 올렸다. 브렛 라우리가 살짝 멀지 않았냐며 웃으며 항의했지만 판정은 번복되지 않았다.

'이제 한번 낚아볼까?'

살짝 달아오른 브렛 라우리의 표정을 확인한 오스틴 번이 재빨리 손가락을 움직였다.

박건호는 이번에도 군말 없이 고개를 끄덕였다. 그리고 브렛 라우리를 몰아붙이듯 빠른 템포로 공을 내던졌다.

후앗!

박건호의 손끝을 빠져나간 공이 초구와 거의 비슷하게 날아들었다.

'어림없다!'

박건호가 2구 연속 포심 패스트볼을 던졌다고 여긴 브렛 로우리가 재빨리 방망이를 내돌렸다.

하지만 마지막 순간에 살짝 가라앉은 공은 방망이 밑동에 걸려 유격수 코일 시거의 앞쪽으로 빠르게 굴러가 버렸다.

"젠장!"

브렛 로우리가 이를 악물며 1루로 내달렸지만 그보다 코일 시거의 송구가 한참 먼저 1루 베이스에 도착했다.

"크아아아!"

1루심의 아웃 사인을 확인한 박건호가 보란 듯이 악을 내질 렀다.

"됐어! 잘했어, 건!"

VIP 룸에서 경기를 지켜보던 알렉스 인터폴리스 부사장도 자리에서 벌떡 일어나 환호했다. 그런 알렉스 인터폴리스 부사장을 위해 세런 테일러가 웃으며 축배를 건넸다.

to be continued

레벨업 어게인

LEVEL UP
AGAIN

잘은 모르겠지만 과거로 돌아왔다.

최단 기간, 최고 속도 레벨 업, 노블레스 등급 클리어.
생각지 못했던 행운들에 시스템상 주어지는 위대한 이름,
앰플러스 네임까지.

모든 게 좋았다.
사랑했던 여자도 이젠 지킬 수 있을 것 같았다.

[앰플러스 네임 '빛의 성웅'이 성립됩니다.]

그런데 뭐냐. 이 요상한 이름은……?
나 그런거 아닌데. 아 진짜. 아니라니까요.